YAL●M

IRVIN D. YALOM
Criaturas de um dia

tradução de
Ivo Korytowski

HarperCollins *Brasil*
Rio de Janeiro, 2020

Título original: *Creatures of a day*
Copyright © Irvin D. Yalom, 2015
Copyright da tradução © Ediouro Publicações S.A., 2015

Direitos de edição da obra em língua portuguesa no Brasil adquiridos pela Casa dos Livros Editora LTDA. Todos os direitos reservados. Nenhuma parte desta obra pode ser apropriada e estocada em sistema de banco de dados ou processo similar, em qualquer forma ou meio, seja eletrônico, de fotocópia, gravação etc., sem a permissão do detentor do copirraite.

Diretora editorial: *Raquel Cozer*
Gerente editorial: *Alice Mello*
Editor: *Ulisses Teixeira*
Copidesque: *Marília Lamas*
Revisão: *Aline Canejo e Eliana Rinaldi*
Diagramação: *DTPhoenix Editorial*

CIP-Brasil. Catalogação na fonte
Sindicato Nacional dos Editores de Livros, RJ

Y17q Yalom, Irvin D., 1931-
         Criaturas de um dia / Irvin D. Yalom; tradução Ivo Korytowski. — 1. ed. — Rio de Janeiro: HarperCollins Brasil, 2016.
         176 p.

         Tradução de: Creatures of a day
         ISBN 978.85.220.3176-4

         I. Psicoterapia. II. Análises clínicas. III. Romance. Korytowski, Ivo. II. Título.
                                                      CDD: 813
                                                      CDU: 821.111(73)-3

Rua da Quitanda, 86, sala 218 – Centro – 20091-005
Rio de Janeiro – RJ – Brasil
Tel.: (21) 3175-1030

*Para Marilyn,
minha esposa há sessenta anos,
tempo ainda insuficiente*

Somos todos criaturas de um dia, tanto os que lembram quanto os que são lembrados.
Tudo é efêmero, tanto a lembrança quanto o objeto da lembrança.
Em breve você terá esquecido o mundo e o mundo o terá esquecido.
Nunca esqueça que logo você não será ninguém nem estará em lugar algum.

— MARCO AURÉLIO, *Meditações*

Sumário

Agradecimentos   11

1. A cura tortuosa   13
2. Sobre ser real   24
3. *Arabesque*   36
4. Obrigado, Molly   52
5. Não me aprisione   78
6. Mostre alguma classe a seus filhos   95
7. Desista da esperança de um passado melhor   116
8. Adquira sua própria doença fatal: homenagem a Ellie   127
9. Três choros   145
10. Criaturas de um dia   152

Epílogo   172
Nota ao leitor   175

Agradecimentos

Meu filho, Ben Yalom, o principal revisor deste livro, superou com habilidade os riscos de revisar o texto do pai e contribuiu imensamente em todos os estágios desta obra. E minha esposa, Marilyn, sempre minha crítica mais dura, ajudou do início ao fim. Minha agente literária, Sandy Dijkstra, foi, como sempre, um tesouro. Meus agradecimentos sinceros também aos meus muitos amigos e colegas que leram uma ou mais destas histórias e ofereceram sugestões úteis: Svetlana Shtukareva, David Spiegel, Robert Berger, Herb Kotz, Ruthellen Josselson, Hans Steiner, Randy Weingarten e todos os membros do grupo literário Pegasus.

CAPÍTULO 1

A cura tortuosa

> *Dr. Yalom, gostaria de uma consulta. Li seu romance* Quando Nietzsche chorou *e queria saber se o senhor poderia atender um colega escritor com um bloqueio criativo.*
>
> — *Paul Andrews*

Certamente Paul Andrews tentou despertar meu interesse com seu e-mail. E conseguiu: eu jamais rejeitaria um colega escritor. Quanto ao bloqueio criativo, sinto-me afortunado por não ter sido visitado por uma dessas criaturas e estava disposto a ajudá-lo a enfrentar o problema. Dez dias depois, Paul chegou para a consulta. Fiquei surpreso com sua aparência. Por alguma razão, eu esperava um escritor dinâmico, atormentado, de meia-idade, mas quem adentrou meu consultório foi um velho encarquilhado, tão recurvado que parecia examinar o chão. Ao transpor lentamente o *hall* de entrada, pensei como ele tinha conseguido chegar até meu consultório no alto de Russian Hill. Quase ouvindo suas juntas rangerem, peguei sua pasta pesada e surrada, segurei seu braço e o conduzi até o assento.

— Obrigado, obrigado, meu jovem. Quantos anos você tem?

— Oitenta — respondi.

— Ah, se eu pudesse voltar aos oitenta...

— E o senhor? Quantos anos tem?

— Oitenta e quatro. Sim, isso mesmo: *84*. Sei que isso o surpreende. A maioria das pessoas acha que tenho uns trinta e pouco.

Dei uma boa olhada nele e, por um momento, fitamos um ao outro. Senti-me encantado por seus olhos travessos e pelo discreto sorriso que se delineava em seus lábios. Durante esse tempo, imaginei que nos deleitávamos no ardor da camaradagem idosa, como se fôssemos viajantes num navio que, numa noite enevoada e fria, travam conversa no convés e descobrem que cresceram no mesmo bairro. Instantaneamente conhecíamos um ao outro: nossos pais haviam sofrido durante a Grande Depressão, havíamos testemunhado os duelos lendários entre DiMaggio e Ted Williams, lembrávamo-nos dos cartões de racionamento para manteiga e gasolina, da vitória dos Aliados, de *As vinhas da ira*, de Steinbeck, e de *Studs Lonigan*, de Farrell. Não precisávamos falar nada. O fato de compartilharmos tudo isso nos unia de maneira segura. Agora estava na hora de começar o trabalho.

— Então, Paul, se podemos nos chamar por nossos prenomes...[1]

Ele assentiu com a cabeça.

— É claro.

— Tudo que sei a seu respeito vem de seu curto e-mail. Você escreveu que era um colega escritor, leu meu romance sobre Nietzsche e está com bloqueio criativo.

— Sim, e estou pedindo apenas uma consulta. Mais nada. Minha renda é limitada e não posso pagar mais.

— Farei o possível. Comecemos imediatamente e sejamos o mais eficiente possível. Diga o que preciso saber sobre o bloqueio.

— Se você concordar, contarei um pouco de minha história pessoal.

— Tudo bem.

— Tenho que retroceder à minha pós-graduação. Estava cursando filosofia em Princeton, escrevendo minha tese de doutorado sobre a incompatibilidade entre as ideias de Nietzsche sobre o determinismo e sua adoção da autotransformação. Mas não consegui terminar. Meus pensamentos viviam sendo

---

[1] Em vários países, chamar alguém pelo prenome pressupõe certa intimidade. (N. do T.)

desviados por coisas como a correspondência extraordinária de Nietzsche, sobretudo suas cartas aos amigos e colegas escritores, como Strindberg. Aos poucos, perdi todo o interesse em sua filosofia e o valorizei mais como um artista. Passei a encarar Nietzsche como o poeta com a voz mais poderosa da história. Uma voz tão majestosa que eclipsava suas ideias. Portanto, mudei de departamento e fiz meu doutorado em literatura. Os anos passaram e minha pesquisa progrediu bem, mas eu não conseguia escrever. Por fim, cheguei à conclusão de que somente pela arte um artista poderia ser iluminado; abandonei totalmente o projeto de dissertação e decidi escrever um romance sobre Nietzsche. Mas não consegui enganar nem dissuadir o bloqueio criativo ao mudar de planos. Ele continuou tão poderoso e inabalável quanto uma montanha de granito. Nenhum progresso era possível. E assim as coisas prosseguiram até o dia de hoje.

Fiquei aturdido. Paul tinha 84 anos. Deveria ter começado a escrever sua tese aos vinte e poucos, *sessenta anos atrás*. Eu ouvira falar de estudantes profissionais antes. Mas sessenta anos? Sua vida em suspenso por sessenta anos? Eu esperava que não. Não podia ser.

— Paul, fale-me sobre sua vida desde aquele tempo da faculdade.

— Não há muito que contar. Claro que a universidade acabou decidindo que eu já passara da hora, tocou o gongo e encerrou minha vida de estudante. Mas os livros estavam no meu sangue e nunca me afastei deles. Arrumei um emprego como bibliotecário numa universidade estadual e lá permaneci até minha aposentadoria, tentando, sem sucesso, escrever durante todos aqueles anos. Essa é minha vida.

— Conte-me mais. E sua família? As pessoas em sua vida?

Paul pareceu impaciente e respondeu rapidamente.

— Nenhum irmão. Casado duas vezes. Divorciado duas vezes. Felizmente, casamentos curtos. Não tenho filhos, graças a Deus.

Isso está ficando bem estranho, pensei. *Tão afável de início, Paul agora parece decidido a dar o mínimo de informações possível. O que está havendo?*

Insisti.

— Seu plano era escrever um romance sobre Nietzsche e, no e-mail, você mencionou que leu meu livro *Quando Nietzsche chorou*. Poderia dizer mais a respeito?

— Não entendi sua pergunta.

— Quais foram suas sensações sobre meu romance?

— Um pouco lento de início, mas depois ganha ímpeto. Apesar do linguajar pomposo e do diálogo estilizado e improvável, no todo não foi uma leitura desinteressante.

— Não. Quero saber qual foi sua reação ao livro enquanto você próprio tentava escrever um romance sobre Nietzsche. Algumas sensações devem ter surgido.

Paul balançou a cabeça negativamente, como se não quisesse ser incomodado com aquela pergunta. Sem saber mais o que dizer, continuei.

— Diga como chegou até mim. Foi por causa do meu romance que me escolheu para uma consulta?

— Bem... Seja qual for o motivo, estamos aqui agora.

A cada minuto as coisas ficam mais estranhas, pensei. Mas, se eu quisesse lhe proporcionar uma consulta profícua, precisava descobrir mais sobre sua pessoa. Recorri ao bom e velho método que sempre fornece informações úteis:

— Preciso saber mais sobre você, Paul. Seria bom para nosso trabalho se me relatasse, em detalhes, um dia em sua vida. Escolha um dia desta semana e me conte o que fez, desde que acordou até a hora de dormir.

Quase sempre peço esse tipo de relato nas minhas consultas, pois fornece informações preciosas sobre várias áreas da vida do paciente: sono, sonhos, padrões de alimentação e de trabalho. Mas, acima de tudo, fico sabendo como cada um preenche seu tempo. Sem compartilhar meu entusiasmo investigativo, Paul fez um ligeiro sinal negativo com a cabeça, como se rejeitasse a proposta.

— Há algo mais importante para discutirmos. Por muitos anos, mantive uma longa correspondência com o orientador de minha tese, o professor Claude Mueller. Conhece o trabalho dele?

— Bem, estou familiarizado com sua biografia de Nietzsche. É maravilhosa.

— Bom, muito bom. Fico felicíssimo por você pensar assim — disse Paul, abrindo sua pasta e retirando um pesado fichário. — Trouxe esta correspondência comigo e gostaria que você a lesse.

— Quando? Quer que seja *agora*?

— Sim, não há nada mais importante que possamos fazer nesta consulta.

Consultei meu relógio.

— Mas só temos esta sessão, e a leitura levaria uma ou duas horas. É bem mais importante que nós...

— Dr. Yalom, confie em mim. Sei o que estou pedindo. Comece a ler, por favor.

Fiquei desconcertado. *O que fazer? Ele estava determinado. Eu o lembrei de nossas limitações de tempo e ele sabia que tinha apenas uma consulta. Por outro lado, talvez Paul soubesse o que estava fazendo. Talvez acreditasse que essa correspondência suprisse todas as informações sobre ele de que eu precisaria. Quanto mais penso a respeito, mais convencido fico: deve ser isso.*

— Paul, devo supor que esteja dizendo que essa correspondência fornece as informações necessárias a seu respeito?

— Se esse pressuposto é necessário para que você a leia, a resposta é sim.

Que estranho! Um diálogo íntimo é minha profissão, meu território. É onde estou sempre à vontade. Mas nele tudo parece torto, fora dos eixos. Talvez eu deva parar de me esforçar tanto e seguir o fluxo. Afinal, a consulta é dele. Está pagando pela hora. Senti-me um pouco atordoado, mas concordei e estendi a mão para aceitar o manuscrito que ele oferecia.

Quando Paul me passou o enorme fichário com três espirais, contou que a correspondência se estendia por mais de 45 anos e terminava com a morte do professor Mueller, em 2002. Comecei a folhear as páginas para me familiarizar com o projeto. Ele tinha organizado o fichário meticulosamente. Parecia que Paul guardara, indexara e datara tudo que passara entre eles, tanto bilhetes informais quanto longas cartas discursivas. As cartas do professor Mueller estavam primorosamente datilografadas com sua pequena e elegante assinatura de fechamento, enquanto as de Paul, tanto as cópias em papel-carbono mais antigas quanto as fotocópias posteriores, terminavam com a letra *P*.

Paul assentiu com a cabeça em minha direção.

— Por favor, comece.

Li as primeiras cartas e vi que aquela era uma correspondência bem afável e envolvente. Embora o professor Mueller tivesse um grande respeito por Paul, repreendia-o por sua paixão pelos jogos de palavras. Bem na primeira carta, ele disse: "Vejo que está apaixonado pelas palavras, sr. Andrews. Você gosta de valsar com elas. Mas palavras são apenas notas. São as ideias que formam a melodia. São as *ideias* que estruturam nossa vida."

"Confesso minha culpa", respondeu Paul na carta seguinte. "Não ingiro e metabolizo palavras; adoro dançar com elas. Espero ser sempre culpado por esse delito."

Algumas cartas depois, apesar dos papéis e de meio século que as separavam, haviam abandonado os títulos formais de senhor e professor e usavam seus prenomes, Paul e Claude.

Em outra carta, meus olhos toparam com uma afirmação escrita por Paul: "Sempre deixo meus companheiros perplexos." Então, eu tinha companhia. Paul continuou: "Portanto, sempre abraçarei a solidão. Sei que cometo erros ao pressupor que os outros compartilham minha paixão por grandes palavras. Sei que imponho minhas paixões a eles. Dá para imaginar como todas as pessoas fogem e se dispersam quando me aproximo delas." *Isso soa importante*, pensei. *"Abraçar a solidão" é uma bela metáfora e dá um tom poético, mas imagino que ele seja um velho bem solitário.*

Algumas cartas depois, tive um momento de entusiasmo quando deparei com uma passagem que possivelmente oferecia a chave para entender toda aquela consulta surreal. Paul escreveu: "Veja bem, Claude, o que me resta senão procurar a mente mais ágil e nobre que eu encontrar? Preciso de uma mente propensa a apreciar minha sensibilidade, meu amor pela poesia; uma mente incisiva e ousada o suficiente para se juntar a mim em diálogo. Será que algumas de minhas palavras o empolgam, Claude? Preciso de um parceiro de passo leve para essa dança. Você me daria essa honra?"

Uma onda de compreensão irrompeu em minha mente. *Agora eu entendia por que Paul insistia que eu lesse a correspondência. É óbvio. Como pude não perceber? O professor Mueller morreu doze anos atrás e Paul está agora em busca de outro parceiro de dança! É aí que entra meu romance sobre Nietzsche! Não admira que eu estivesse tão confuso. Eu pensava que o estivesse entrevistando, mas, na realidade, é ele quem me entrevista. É isso que deve estar ocorrendo.*

Olhei para o teto por um momento, sem saber como expressar aquele lampejo esclarecedor, quando Paul interrompeu meu devaneio apontando para o relógio e observou:

— Por favor, dr. Yalom, nosso tempo está passando. Continue a ler.

Segui seu desejo. As cartas eram irresistíveis e, com prazer, mergulhei de volta nelas. Nas doze primeiras, percebi uma clara relação estudante-professor. Claude, com frequência, sugeria tarefas: "Paul, gostaria que escrevesse um texto comparando a misoginia de Nietzsche com a de Strindberg." Supus que Paul tivesse realizado tais tarefas, mas não vi nenhuma menção posterior a elas na correspondência. Devem tê-las discutido pessoalmente. Mas aos poucos, no meio do ano, os papéis estudante-professor começaram a se dissolver. Havia pouca menção às tarefas e, às vezes, era difícil discernir quem era o professor e quem era o aluno. Claude remeteu diversos de seus poemas buscando o comentário de Paul, que não era nada respeitoso ao insistir que Claude desligasse o intelecto e prestasse atenção a seu fluxo interno de sentimentos. Claude, por outro lado, criticava os poemas de Paul por terem paixão, mas nenhum conteúdo inteligível.

O relacionamento entre eles foi ficando mais íntimo e intenso a cada troca de cartas. Perguntei-me se tinha em minhas mãos as cinzas do grande amor, talvez o único da vida de Paul. *Talvez Paul esteja sofrendo de luto crônico não resolvido. Sim, com certeza é isso. É o que está tentando me dizer ao pedir que eu leia essas cartas para o morto.*

Com o passar do tempo, eu cogitava uma hipótese após outra, mas no fim nenhuma ofereceu a explicação plena que eu buscava. Quanto mais lia, mais minhas perguntas se multiplicavam. Por que Paul viera me consultar? Ele atribuiu um bloqueio criativo como seu maior problema, mas por que não mostrara interesse em explorá-lo? Por que se recusava a me dar detalhes de sua vida? E por que aquela insistência singular para que eu passasse todo o nosso tempo juntos lendo aquelas cartas tão antigas? Precisávamos esclarecer aquilo. Resolvi levantar todas aquelas questões com Paul antes de nos despedirmos.

Foi quando vi uma troca de cartas que me fez pensar.

"Paul, sua glorificação excessiva da pura experiência o está conduzindo numa direção perigosa. Devo lembrá-lo outra vez da advertência de Sócrates de que uma vida irrefletida não vale a pena."

Boa, Claude!, concordei em silêncio. *Minha opinião. Identifico-me com sua pressão sobre Paul para examinar sua vida.* Mas Paul retrucou em sua carta seguinte: "Dada a escolha entre viver e examinar, optarei por viver qualquer dia. Rejeito a doença da explicação e insisto que faça o mesmo. O impulso por explicar é uma epidemia no pensamento moderno, e seus maiores disseminadores são os terapeutas contemporâneos — todo terapeuta que conheci sofre dessa doença, que é viciadora e contagiosa. A explicação é uma ilusão, uma miragem, um constructo, uma canção de ninar reconfortante. A explicação não tem existência. Chamemo-la pelo nome apropriado: a defesa de um covarde contra o terror — que deixa paralisado e de pernas bambas —, a precariedade, a indiferença e a inconstância da mera existência." Li essa passagem mais duas, três vezes e me senti desestabilizado. Minha determinação de postular qualquer das ideias que fermentavam em minha mente esmoreceu. Eu sabia que não havia chance de Paul aceitar *meu* convite para dançar.

Vez ou outra eu erguia o olhar e via os olhos de Paul fixados em mim, captando cada reação minha, pedindo que eu continuasse a ler. Mas, quando vi que só faltavam dez minutos para o fim da sessão, fechei a pasta e, de modo firme, assumi o comando.

— Paul, resta pouco tempo e tenho diversas coisas que gostaria de discutir com você. Sinto-me incomodado porque estamos chegando ao fim de nossa sessão e não abordei o motivo de nossa consulta: sua queixa de bloqueio criativo.

— Eu nunca disse isso.

— Mas no e-mail você disse... Aqui, imprimi.

Abri a pasta. Antes que o pudesse localizar, Paul respondeu:

— Conheço minhas palavras: "Gostaria de uma consulta. Li seu romance *Quando Nietzsche chorou* e queria saber se o senhor veria um colega escritor com um bloqueio criativo."

Ergui o olhar para ele esperando um sorriso, mas ele estava sério. *Dissera ter um bloqueio criativo, mas não o rotulara explicitamente como o problema para o qual queria ajuda. Era uma armadilha verbal; procurei controlar a irritação por ser ridicularizado.*

— Estou acostumado a ajudar pessoas com problemas; é o que os terapeutas fazem. Dá para ver por que pressupus isso.

— Entendo perfeitamente.

— Bem, então, vamos começar de novo. Diga, como posso ajudá-lo?

— E suas reflexões sobre a correspondência?

— Poderia ser mais explícito? Ajudaria a enquadrar meus comentários.

— Toda e qualquer observação seria extremamente útil para mim.

— Tudo bem. — Abri o caderno e folheei as páginas. — Como você sabe, só tive tempo de ler uma pequena parte, mas no todo fiquei cativado, Paul, e achei cheia de inteligência e erudição do mais alto nível. Fiquei impressionado com a mudança nos papéis. De início, você era o estudante e ele era o professor. Mas você era um estudante bem especial. Decorridos alguns meses, esse jovem estudante e esse renomado professor trocavam correspondência como iguais. Não havia dúvida de que ele tinha o maior respeito por seus comentários e seus julgamentos. Ele admirava seu texto, valorizava sua crítica do trabalho dele, e só posso imaginar que o tempo e a energia que dedicou a você devem ter excedido de longe o que teria proporcionado a um estudante comum. E, é claro, dado que a correspondência continuou bem depois de seu período como estudante, não há dúvida de que você e ele eram muito importantes um para o outro.

Olhei para Paul. Imóvel, com os olhos se enchendo de lágrimas, absorvia tudo o que eu dizia e ansiava por mais. Enfim nos encontramos. Enfim eu lhe dera algo. Eu era testemunha de um evento de importância extraordinária para Paul. Eu, somente eu, podia atestar que um grande homem considerou Paul Andrews importante. Mas o grande homem morrera anos atrás e Paul se tornara frágil demais para suportar o fato sozinho. Precisava de uma testemunha, alguém de estatura, e fui selecionado para desempenhar esse papel. Eu não tinha dúvidas a respeito. Essa explicação fazia todo o sentido.

Agora precisava transmitir alguns desses pensamentos que seriam valiosos para Paul. Ao rememorar meus muitos *insights* e ante os poucos minutos que restavam, eu não sabia direito por onde começar e acabei decidindo pelo mais óbvio.

— Paul, o que mais me impressionou em sua correspondência foi a intensidade e a ternura do vínculo entre você e o professor Mueller. Tive a impressão de um amor profundo. Sua morte deve ter sido terrível para você. Pergunto-me se essa perda dolorosa ainda o afeta e se foi *essa* a razão pela qual você quis uma consulta. O que acha?

Paul não respondeu. Em vez disso, estendeu a mão para pegar o manuscrito, que lhe devolvi. Abriu a pasta, guardou o fichário de correspondências e fechou o zíper da pasta.

— Tenho razão, Paul?

— Quis me consultar com você porque quis. Agora que estou aqui, obtive precisamente o que desejava. Você foi útil, muito útil. Foi exatamente o que eu esperava. Obrigado.

— Antes de partir, Paul, mais um momento, por favor. Sempre achei importante entender o que teria ajudado. Poderia expor, por um momento, o que recebeu de mim? Acredito que um melhor esclarecimento disso será bom para você no futuro e poderia ser útil para mim e meus pacientes.

— Irv, sinto muito ter de deixá-lo com tantos enigmas, mas acho que nosso tempo acabou.

Ele cambaleou ao tentar se levantar. Estendi a mão e agarrei seu braço para firmá-lo. Então, ele se endireitou, deu-me a mão e, com um andar revigorado, saiu de meu consultório.

CAPÍTULO 2
Sobre ser real

Charles, um alto executivo de boa aparência, era um homem que não podia reclamar da vida: teve educação de primeira em Andover, Harvard e Harvard Business School; avô e pai banqueiros bem-sucedidos; e mãe presidente do conselho de administração de uma eminente faculdade para mulheres. Tudo à sua volta parecia conspirar a favor. Tinha um apartamento num condomínio em San Francisco com vista panorâmica da Golden Gate à Bay Bridge, uma esposa adorável e inteligente, um salário de seis dígitos e um Jaguar XKE conversível. Tudo isso aos 37 anos.

Era, no entanto, uma pessoa totalmente perturbada por dentro. Sufocado por insegurança, recriminações e culpa, Charles sempre suava frio ao ver um carro de polícia na rodovia.

— Culpa em busca de um pecado: esse sou eu — brincava ele.

Seus sonhos eram autodepreciativos. Ele se via com grandes feridas abertas, encolhido de medo num porão ou numa caverna; era um bandido, um rústico, um criminoso, um farsante. Mas, mesmo ao se humilhar em sonhos, seu senso de humor peculiar se manifestava.

— Eu estava com um grupo de pessoas aguardando para fazer um teste para um filme — contou ele, descrevendo um sonho, numa de nossas primeiras sessões. — Esperei minha vez e falei tudo direitinho. Como eu esperava, o diretor me fez elogios. Perguntou sobre meus papéis em filmes anteriores e informei que nunca havia atuado. Ele esmurrou a mesa, levantou-se e gritou enquanto saía: "Você não é ator: está representando um." Corri atrás dele gritando: "Se represento um ator, *sou* um ator." Mas ele continuou se afastando e, quando estava bem longe, berrei o mais alto que pude: "Atores representam pessoas; é o que fazem!" Mas foi em vão. Ele tinha sumido e eu estava sozinho.

A insegurança de Charles parecia inabalável e não afetada por nenhum sinal de merecimento. Todas as coisas positivas — realizações, promoções, mensagens de amor da esposa, filhos e amigos, ótimo *feedback* de clientes ou funcionários — passavam tão rápidas por ele quanto água por uma peneira. Embora tivéssemos, em minha opinião, um bom relacionamento de trabalho, ele acreditava que eu estava sempre impaciente ou entediado com suas atitudes. Certa vez, comentei que ele tinha furos nos bolsos. A frase lhe causou tanto impacto que ele a repetira com frequência durante a sessão. Após horas examinando as fontes de seu desdém por si próprio e esmiuçando todas as possibilidades mais plausíveis — QI e notas no SAT[2] medíocres, não conseguir se defender do *bullying* no ensino fundamental, acne na adolescência, timidez em boates, ejaculações precoces ocasionais, preocupação com o tamanho do pênis —, chegamos ao cerne do problema.

— Tudo começou em uma manhã, quando eu tinha oito anos — contou Charles. — Meu pai era iatista olímpico e saiu, num dia nublado, para o passeio matinal, num barquinho de Bar Harbor, Maine, e nunca mais voltou. Aquele dia está gravado em minha mente: a terrível espera da família; a tempestade furiosa; minha mãe andando de um lado para outro; nossas ligações para amigos e a Guarda Costeira; a expectativa pelo toque do telefone que ficava sobre a mesa da cozinha, coberta por uma toalha quadriculada vermelha; e o temor do vento quando a noite se aproximava. O pior de tudo foi o pranto de minha mãe no início da manhã seguinte, quando a Guarda Costeira ligou com a notícia de que havia encontrado o barco de meu pai vazio, flutuando de cabeça para baixo. O corpo nunca foi achado.

Lágrimas desceram pelo rosto de Charles; a emoção sufocou sua voz como se o evento tivesse acontecido há pouco tempo, e não há 28 anos.

---

[2] Scholastic Assessment Test, exame nos Estados Unidos semelhante ao nosso Enem. (N. do T.)

— Aquele foi o fim dos bons tempos, dos abraços de urso quentes do meu pai e de nossas partidas de ferradura,[3] xadrez chinês e Banco Imobiliário. Acho que percebi, na época, que nada mais seria igual.

A mãe de Charles ficou de luto pelo resto da vida e ninguém substituiu o marido. Charles foi seu próprio pai. Há pontos positivos nessa situação, mas é um trabalho solitário. Com frequência, ele sentia saudade do lar caloroso que esfriara tanto tempo atrás.

Há um ano, num evento de caridade, Charles conheceu James Perry, um empresário da área de alta tecnologia. Os dois se tornaram amigos e, após vários encontros, James ofereceu a Charles um cargo executivo em sua nova empresa. James, vinte anos mais velho, embora tivesse acumulado uma grande fortuna, não podia abandonar o jogo e continuava criando empresas novas. Ainda que o relacionamento dos dois tivesse altos e baixos, ambos negociavam com polidez. O trabalho requeria muitas viagens, mas, sempre que os dois estavam na cidade, davam um jeito de se encontrar no fim do dia para um drinques, um bate-papo. Falavam sobre a empresa, a concorrência, produtos novos, problemas pessoais, famílias, investimentos, filmes atuais, planos de férias... Charles adorava aqueles encontros íntimos, e foi logo após conhecer James que me contatou pela primeira vez. Conquanto pareça paradoxal procurar a terapia durante um período tranquilo da vida, havia uma explicação. Os cuidados paternos que recebia de James atiçaram as lembranças da morte do pai e o deixaram mais consciente do que havia perdido.

Durante nosso quarto mês de terapia, ele ligou para solicitar uma consulta urgente. Apareceu no meu consultório com o rosto lívido. Dirigindo-se devagar a seu assento e sentando-se cuidadosamente, conseguiu proferir duas palavras.

— Ele morreu.

— Charles, o que aconteceu?

---

[3] Jogo tradicional que consiste em lançar ferraduras para que se encaixem num pino. (N. do T.)

— James morreu. Um derrame fulminante. Morte instantânea. A viúva dele me contou que tivera uma reunião de jantar com o conselho diretor e, ao chegar em casa, encontrou o marido caído na cadeira da sala de estar. Meu Deus, ele nem estava doente! Foi totalmente inesperado.

— Que horrível! Que choque deve ser para você...

— Como descrever? Não encontro palavras. Ele era um homem tão bom, tão gentil comigo... Sou privilegiado por tê-lo conhecido. Eu sabia o tempo todo que era bom demais para durar. Sinto muito pela mulher e pelos filhos.

— E eu sinto muito por você.

Logo depois desse episódio, Charles e eu nos encontrávamos de duas a três vezes por semana. Ele não conseguia trabalhar, dormia mal e chorava com frequência durante as sessões. Muitas vezes expressava seu respeito por James e sua profunda gratidão pelo período que compartilharam. A dor de perdas passadas voltou à tona, não apenas por seu pai, mas também por sua mãe, agora morta há três anos. E por Michael, um amigo de infância que morreu na sétima série, e Cliff, um monitor de acampamento que morreu de aneurisma. Charles relatava estar em choque.

— Vamos investigar isso — sugeri. — O que pensa a respeito?

— A morte é sempre um choque.

— Continue. Fale-me mais.

— É evidente.

— Ponha em palavras.

— Pimba! A vida acabou! Simples assim. Não há onde se esconder. Não existe algo como segurança. Transitoriedade: a vida é transitória. Sei disso. Quem não sabe? Mas nunca pensei muito a respeito. Nunca quis pensar. A morte de James, no entanto, me forçou e continua me forçando a isso. Ele era mais velho, eu sabia que morreria antes de mim. Isso está me fazendo encarar as coisas.

— Diga mais. Quais coisas?

— Sobre minha própria vida. Sobre minha morte que jaz à frente. Sobre a permanência da morte. Sobre ficar morto para sempre. De algum modo, esse pensamento de *ficar morto para sempre* aderiu à minha mente. Invejo meus amigos religiosos e esse negócio de vida pós-morte. Gostaria de acreditar nisso. — Ele respirou fundo e ergueu o olhar para mim. — Então, é *nisto* que venho pensando. E também num monte de perguntas sobre o que é realmente importante.

— Conte-me sobre isso.

— Penso na inutilidade de passar a vida toda trabalhando e ganhando mais dinheiro do que preciso. Tenho o suficiente agora, mas não paro. Assim como James. Sinto-me triste com a forma como tenho vivido. Eu poderia ter sido um marido melhor, um pai melhor. Graças a Deus ainda há tempo.

Graças a Deus ainda há tempo. Gostei desse pensamento. Conheci muita gente que conseguiu reagir ao luto dessa forma positiva. O confronto com os fatos pesados da vida as despertou e catalisou algumas grandes mudanças. Parecia que isso poderia ocorrer com Charles, e eu queria ajudá-lo a tomar esse rumo.

Cerca de três semanas após a morte de James Perry, porém, Charles entrou no meu consultório num estado bem agitado. Estava respirando rápido. Para se acalmar, levou a mão ao peito e inspirou fundo enquanto, vagarosamente, afundava no assento.

— Estou contente por nos encontrarmos hoje. Se não tivéssemos essa hora marcada, eu provavelmente teria ligado na noite passada. Acabo de ter um dos maiores choques de minha vida.

— O que aconteceu?

— Margot Perry, a viúva de James, telefonou ontem me chamando à sua casa porque tinha um assunto que queria conversar. Visitei-a e... Bem, vou direto ao assunto. Eis o que ela disse: "Eu não queria lhe contar isso, Charles, mas muitas pessoas estão sabendo agora e prefiro que ouça de mim. James não morreu de um derrame; ele se suicidou." A partir disso, não consigo ver nada direito. O mundo virou de ponta-cabeça.

— Que terrível! Conte-me tudo que está acontecendo por dentro.

— Tanta coisa! Um ciclone de sentimentos. Difícil acompanhar.

— Comece por algum ponto.

— Bem, uma das primeiras coisas que surgiram na minha mente foi que, *se ele consegue se suicidar, eu também consigo*. Não posso explicar isso melhor. Eu o conhecia bem, éramos próximos. Ele era como eu, e eu, como ele. Se pôde se matar, *também posso*. Essa possibilidade me deixou abalado. Não se preocupe: não sou suicida, mas o pensamento perdura. *Se ele pôde, também posso.* Morte, suicídio: não são pensamentos abstratos. Não mais. São reais. E por quê? Por que ele se matou? Nunca descobrirei. A mulher dele não tem ideia, ou finge não ter. Ela diz que foi pega de surpresa. Vou ter de me acostumar a nunca saber.

— Continue, Charles. Conte-me tudo.

— O mundo está de cabeça para baixo. Não sei mais o que é real. Ele era tão forte, tão capaz, me apoiava tanto! Tão dedicado, tão atencioso! No entanto, ao mesmo tempo que estava preparando um abrigo confortável para mim, deve ter sentido tamanha agonia que não queria mais existir. O que é real? Em que você pode acreditar? Todo aquele tempo em que estava me apoiando, dando conselhos carinhosos, devia também estar cogitando se matar. Entende o que digo? Aqueles momentos maravilhosos, quando nos sentávamos e conversávamos, aqueles momentos íntimos que compartilhamos... Bem, agora sei que *aqueles momentos não existiram*. Eu me sentia conectado, compartilhava tudo, mas aquele era um espetáculo de um homem só. Ele não estava ali, não estava alegre. Estava pensando em se matar. Não sei mais o que é real. Forjei minha realidade.

— Que tal *esta* realidade? Esta sala? Você e eu? A forma como estamos juntos?

— Não sei no que confiar, em quem confiar. Não existe algo como "nós". Estou realmente sozinho. Duvido de que você e eu estejamos experimentando a mesma coisa neste exato momento, enquanto falamos.

— Quero que sejamos um "nós" o máximo possível. Sempre existe uma lacuna intransponível entre duas pessoas, mas quero torná-la a menor possível nesta sala.

— Mas, Irv, estou apenas *conjeturando* o que você pensa e sente. E veja quão errado eu estava sobre James. Eu achava que estávamos compondo um dueto, mas era um número individual. Não tenho dúvida de que estou fazendo o mesmo aqui, conjeturando errado sobre você.

Charles hesitou e, de repente, indagou:

— Em que você *está* pensando neste momento?

Vinte ou trinta anos atrás, tal pergunta teria realmente me perturbado. Mas ao amadurecer como terapeuta, passei a acreditar que meu inconsciente se comporta de forma profissionalmente responsável. Sei muito bem que o importante não é tanto *o que* digo sobre meus pensamentos, e sim *que eu esteja disposto a expressá-los*. Portanto, eu disse a primeira coisa que me veio à mente.

— Meu pensamento no momento em que você fez essa pergunta foi muito estranho. Foi algo que vi recentemente postado num site anônimo de segredos. Dizia: "Trabalho no Starbucks e, quando fregueses são grosseiros, lhes sirvo café descafeinado."

Charles olhou para mim espantado e, logo depois, caiu na gargalhada.

— O quê? O que isso tem a ver?

— Você perguntou em que eu estava pensando, e foi *isto* que surgiu na minha mente: *que todos têm segredos*. Vou tentar rastrear. Essa sequência de pensamentos começou uns minutos antes, quando você falou da natureza da realidade e de como a forja. E então comecei a pensar em quão certo você estava. A realidade não é apenas algo lá fora, mas algo que cada um de nós constrói, ou forja, num grau significativo. Então, por um momento... Seja paciente comigo; você perguntou em que eu estava pensando... Pensei em Kant e em como ele nos ensinou que a estrutura de nossas mentes influencia a natureza da realidade que experimentamos. Comecei a pensar em todos os segredos profundos que ouvi em meu meio século de prática como terapeuta e a refletir que, por mais que almejemos nos fundir com outra pessoa, sempre permanecerá uma distância. Depois comecei a pensar em como sua experiência com a cor vermelha ou seu gosto por café serão diferentes dos meus. Café... *É isso aí. Essa é a ligação com o segredo do Starbucks.* Mas desculpe, Charles, sinto que estou fugindo do assunto.

— Não, nem um pouco.

— Conte-me o que passou por *sua* mente enquanto eu falava.

— Pensei "é isso mesmo". Gosto quando você fala assim. Gosto quando compartilha seus pensamentos.

— Bem, eis outro pensamento que acabou de surgir: uma velha lembrança de uma apresentação de um caso num seminário quando eu era estudante, décadas atrás. O paciente era um homem que teve uma lua de mel maravilhosa em certa ilha tropical, um dos grandes momentos de sua vida. Mas o casamento se deteriorou no ano seguinte e eles se divorciaram. A certa altura, ele soube de sua mulher que, durante seu período juntos, incluindo a lua de mel, ela estava obcecada por outro homem. A reação dele foi bem semelhante à sua. Ele percebeu que seu relacionamento idílico na ilha tropical não fora uma experiência compartilhada e que estava atuando individualmente. Não me lembro de muito mais, mas sei que ele, como você, sentiu que a realidade estava fraturada.

— Realidade fraturada: isso tem a ver comigo. Está até nos meus sonhos. Na noite passada, tive uns sonhos bem vívidos, mas só consigo lembrar um pouco. Eu estava dentro de uma casa de bonecas, toquei nas cortinas e nas janelas, senti como eram o papel e o celofane. Pareciam frágeis; ouvi passos altos e tive medo de que alguém estivesse andando pela casa.

— Charles, deixe-me verificar de novo nossa realidade neste momento. Estou avisando: vou fazer isso. Como você e eu estamos nos saindo agora?

— Melhor do que nunca, acho. Quer dizer, estamos mais honestos. Mas ainda existem certas lacunas. Não, não *certas* lacunas; existem *grandes* lacunas. Não estamos *de fato* compartilhando a realidade.

— Bem, vamos continuar tentando reduzir as lacunas. Quais perguntas você tem para mim?

— Hum... Você nunca perguntou isso antes. Bem, muitas perguntas. Como você me vê? Como é estar na sala comigo neste momento? Quão difícil esta hora é para você?

— Perguntas justas. Vou deixar meus pensamentos fluírem sem tentar ser sistemático. Estou comovido pelo que você está passando. Estou cem por cento nesta sala. Gosto de você e o respeito. Acho que sabe disso e assim espero. E sinto um desejo forte de ajudá-lo. Penso em como você ficou obcecado com a morte do seu pai, como isso deixou uma marca por toda a sua vida. E penso quão terrível foi ter achado algo precioso em seu relacionamento com James Perry e perdê-lo tão subitamente. Imagino também que a perda do seu pai e de James afeta seus sentimentos comigo. Vejamos o que mais vem à mente. Posso lhe dizer que, quando o encontro, deparo com duas sensações diferentes que às vezes atrapalham uma à outra. Por um lado, quero ser como um pai para você, mas também quero ajudá-lo a superar a necessidade de um pai.

Charles assentiu com a cabeça enquanto eu falava, olhou para baixo e permaneceu em silêncio. Perguntei:

— E *agora*, Charles, quão reais estamos sendo?

— Não fui claro. A verdade é que o principal problema não é *você*. Sou *eu*. Há muita coisa que omiti, muita coisa sobre a qual não quero falar.

— Por medo de me afugentar?

Charles fez um sinal negativo com a cabeça.

— Em parte.

Agora, com certeza, eu sabia o que era: minha idade. Passei por isso com outros pacientes.

— Por medo de me ferir — disse eu.

Ele assentiu com a cabeça.

— Confie em mim: faz parte do meu trabalho cuidar dos meus sentimentos. Serei paciente com você. Tente começar.

Charles desatou a gravata e desabotoou o botão superior da camisa.

— Bem, eis um dos sonhos da noite passada. Estava entrando no seu consultório, só que parecia uma carpintaria. Notei uma pilha de madeiras e uma grande serra de mesa, uma plaina e uma lixadeira. De repente, você berrou, agarrou seu peito e se curvou para a frente. Saltei para ajudá-lo. Liguei para a emergência, amparei-o até que chegassem e os ajudei a colocá-lo numa maca. Teve mais, mas isso é tudo que lembro.

— Palpites sobre o sonho?

— É bem transparente. Estou bem consciente da sua idade e preocupado com sua morte. O elemento da carpintaria é óbvio também. No sonho, eu o mesclei com o sr. Reilly, meu professor de carpintaria no ensino médio. Ele era bem idoso, como uma figura paterna para mim, e eu costumava visitá-lo mesmo após concluir o curso.

— E sensações no sonho?

— São vagas, mas me recordo de pânico e muito orgulho por ajudá-lo.

— É bom que esteja mencionando essas coisas. Poderia falar de outros sonhos que evitou me contar?

— Ah, está bem. É desagradável, mas teve um, uma semana ou dez dias atrás, que ficou na minha mente. No sonho estávamos nos encontrando, como agora nestas cadeiras, mas não havia paredes e eu não sabia se estávamos dentro ou fora. Seu rosto estava sério, você se inclinou na minha direção e contou que só tinha mais seis meses de vida. É bem estranho. Tentei fechar um acordo com você: eu o ensinaria a morrer e você me ensinaria a ser terapeuta. Não me lembro de muito mais, exceto que estávamos chorando muito.

— A primeira parte está clara. É evidente que você sabe minha idade e se preocupa com quantos anos viverei. Mas e a segunda parte, a de querer ser terapeuta?

— Não sei como a interpretar. Nunca achei que pudesse ser terapeuta. Estaria além de mim. Não sei se poderia enfrentar sentimentos fortes o tempo todo e sei que o admiro muito. Você tem sido bem gentil comigo e sabe como me conduzir na direção certa.

Charles se inclinou para pegar um lenço de papel e enxugar as lágrimas.

— Está muito difícil para mim. Você me deu tanta coisa e estou aqui sentado infligindo dor ao contar esses sonhos horríveis sobre você. Não é justo.

— Sua função aqui é compartilhar seus pensamentos comigo. Está se saindo bem. *Claro* que minha idade o preocupa. Ambos sabemos que na minha idade, aos 81, estou me aproximando do fim da vida. Você está agora de luto por James e também por seu pai. É mais que natural ter medo de me perder também.

Sou velho. Eu mesmo me choco ao pensar nisso. Não me sinto velho e repetidamente me pergunto como cheguei aos 81. Eu costumava ser o menino mais novo (nas minhas classes, no time de beisebol da colônia de férias, na equipe de tênis) e agora sou a pessoa mais velha aonde quer que eu vá: restaurantes, cinema, conferências profissionais. Não dá para se acostumar.

Respirei fundo. Ficamos sentados, quietos, por alguns segundos.

— Antes de prosseguirmos, quero parar para outra checagem, Charles. Como estamos nos saindo agora? Qual o tamanho da lacuna?

— A lacuna diminuiu bastante. Mas isso é bem difícil. Não é uma conversa normal. Você não costuma dizer a alguém: "Estou preocupado com sua morte." Deve ter sido doloroso para você, e neste momento você é uma das últimas pessoas no mundo que quero magoar.

— Mas este é um lugar incomum. Aqui não temos, ou não devemos ter, quaisquer tabus contra a honestidade. E não esqueça que você não está mencionando nada em que eu já não tenha pensado muito. Uma parte central do espírito desse campo é manter os olhos abertos para tudo.

Charles assentiu com a cabeça. Houve outro breve silêncio entre nós.

— Estamos tendo mais silêncios hoje do que em qualquer outro dia — arrisquei.

Charles voltou a acenar com a cabeça.

— Estou totalmente com você. Só que esta discussão está me deixando sem fôlego.

— Tem outra coisa importante que quero lhe dizer. Acredite se quiser: olhar para o fim da vida tem certos efeitos positivos. Quero falar de uma experiência estranha que tive alguns dias atrás. Eram umas seis horas e vi minha mulher na entrada da casa mexendo na caixa de correio. Caminhei até ela. Ela virou a cabeça e sorriu. Súbita e inexplicavelmente, minha mente mudou a cena e, por alguns momentos, imaginei estar numa sala escura assistindo a um filme caseiro com cenas de minha vida. Senti-me como o protagonista de *A última gravação de Krapp*. Conhece essa peça de Samuel Beckett?

— Não, mas ouvi falar.

— É um monólogo de um velho no seu aniversário ao ouvir fitas gravadas em aniversários passados. Assim, um pouco como Krapp, imaginei um filme de cenas antigas de minha vida. E nele vi minha esposa morta voltando-se para mim com um largo sorriso. Ao observá-la, fui inundado de tristeza e de uma dor inimaginável. Então, de repente, tudo aquilo sumiu, saltei de volta ao presente e ali estava ela, viva, radiante, em carne e osso, exibindo seu bonito sorriso. Um acesso quente de alegria me inundou. Senti-me grato por ela e eu ainda estarmos vivos e corri para abraçá-la e começar nosso passeio noturno.

Não consegui descrever essa experiência sem que lágrimas brotassem; peguei um lenço de papel. Charles também pegou um para secar os olhos.

— Você está dizendo: "Conte suas bênçãos."

— Sim, exatamente. Estou dizendo que prever fins pode nos incentivar a agarrar o presente com mais vitalidade.

Charles e eu olhamos para o relógio. Havíamos passado alguns minutos do fim da sessão. Ele lentamente reuniu suas coisas.

— Estou exausto — murmurou. — Você deve estar cansado também.

Levantei-me, ereto, com os ombros aprumados.

— Nem um pouco. Na verdade, uma sessão profunda e verdadeira como esta me anima. Você se esforçou hoje, Charles. Nós nos esforçamos juntos.

Abri a porta do consultório para ele e, como sempre, demos as mãos quando partiu. Fechei a porta, bati na testa e disse:

— Não posso fazer isso. Não posso encerrar a sessão dessa maneira.

Abri novamente a porta, chamei-o e lhe disse:

— Charles, acabo de recair num velho costume e fiz exatamente o que não quero fazer. A verdade é que *estou* cansado desse esforço profundo, um pouco exausto, e estou contente por não ter mais ninguém na minha agenda hoje.

Olhei para ele e aguardei. Não sabia o que esperar.

— Irv, eu sabia. Conheço você melhor do que imagina. Sei quando está apenas tentando ser terapêutico.

CAPÍTULO 3
Arabesque

Eu estava perplexo. Após cinquenta anos como psicoterapeuta, achava que tinha visto de tudo, mas nunca antes uma paciente nova entrara no meu consultório oferecendo uma fotografia sua na flor da juventude. Fiquei ainda mais nervoso quando essa paciente, Natasha, uma mulher russa corpulenta de uns setenta anos, me fitou tão fixamente quanto fitei a fotografia de uma bela bailarina em posição de *arabesque*, equilibrada na ponta do pé e estendendo ambos os braços para cima. Voltei meu olhar para Natasha, que, embora não mais esguia, aproximara-se de seu assento com a graça de uma dançarina. Ela deve ter sentido que eu tentava localizar a jovem bailarina nela, pois elevou o queixo e virou um pouquinho a cabeça para me oferecer um perfil mais claro. Os traços faciais de Natasha haviam endurecido, talvez devido ao excesso de invernos russos e álcool. Mesmo assim, era uma mulher atraente, ainda que não tão bela quanto antes, pensei, ao olhar outra vez a fotografia da jovem Natasha, uma maravilha de elegância.

— Eu não era adorável? — perguntou ela, timidamente. Quando assenti com a cabeça, ela continuou. — Eu era primeira bailarina no La Scala.

— A senhora sempre pensa em si no tempo passado?

Ela se retraiu.

— Que pergunta rude, dr. Yalom! O senhor fez o curso de maus modos necessário a todos os terapeutas. Mas... — fez uma pausa para refletir — talvez seja assim. Talvez você esteja certo. O estranho, no caso da bailarina Natasha, é que encerrei a carreira de dança antes dos trinta, há quarenta anos, e fui mais feliz, muito mais feliz, desde que parei de dançar.

— A senhora parou de dançar quarenta anos atrás, mas entra no meu consultório hoje oferecendo esta foto sua como jovem dançarina. Com certeza deve ter pensado que eu não me interessaria pela Natasha de hoje.

Ela piscou duas ou três vezes e depois olhou em torno por um minuto, inspecionando a decoração do meu consultório.

— Tive um sonho com você na noite passada — disse ela. — Se fecho os olhos, ainda consigo ver. Estava vindo para a consulta e entrei numa sala. Não era como este consultório. Talvez fosse sua casa. Havia um monte de gente lá, sua mulher e sua família; eu carregava uma bolsa grande de lona, cheia de rifles e equipamento de limpeza para eles. Eu conseguia vê-lo cercado de pessoas num canto; soube que era você pela foto no seu romance sobre Schopenhauer. Não consegui chegar até você nem atrair seu olhar. Havia mais, porém isso é tudo que lembro.

— Ah, e você vê algum vínculo entre seu sonho e o fato de me oferecer essa fotografia?

— Rifles simbolizam pênis. Sei disso de uma longa psicanálise. Meu analista me disse que eu usava o pênis como uma arma. Quando tinha uma discussão com meu namorado, Sergei, o bailarino principal da companhia e mais tarde meu marido, eu saía, me embebedava, procurava um pênis, qualquer pênis (o dono específico era secundário) e fazia sexo para magoar Sergei e me sentir melhor. Sempre funcionava. Mas por pouco tempo. Muito pouco.

— E a relação entre o sonho e a fotografia?

— A mesma pergunta? O senhor persiste? Talvez esteja insinuando que estou usando essa foto do meu eu jovem para que se interesse sexualmente por mim? Isso não só é insultante como não faz o menor sentido.

Sua entrada triunfal segurando a fotografia estava carregada de significado. Daquilo eu não tinha dúvida, mas deixei para lá por enquanto e fui bem objetivo.

— Por favor, vamos agora examinar seus motivos para me contatar. Pelo seu e-mail, vejo que ficará em San Francisco por pouco tempo e que era urgente eu a receber hoje e amanhã, porque sentia que estava "perdida, fora de sua vida e não conseguia encontrar o caminho de volta". Por favor, conte-me sobre isso. Você escreveu que era uma questão de vida ou morte.

— Sim, é essa a sensação. É bem difícil descrever, mas algo grave está acontecendo comigo. Vim visitar a Califórnia com meu marido, Pavel, e fizemos o que sempre fazemos nessas visitas. Ele se encontrou com alguns clientes importantes. Vimos nossos amigos russos, fomos de carro até o Napa Valley, fomos à ópera de San Francisco e jantamos em restaurantes chiques. Mas, de algum modo, desta vez a coisa não está sendo a mesma. Como dizer? A palavra russa é *ostrannaya*. Não estou realmente aqui. Nada que acontece me toca. Sinto isolamento à minha volta. Sinto que não sou *eu* aqui, não sou eu experimentando essas coisas. Estou ansiosa, muito perturbada. E não estou dormindo bem. Gostaria que meu inglês fosse melhor para descrever os fatos. Morei nos Estados Unidos por quatro anos e tive muitas aulas, mas meu inglês continua ruim.

— Seu inglês até agora está excelente e você está se saindo bem descrevendo como se sente. Diga-me: como explica isso? O que *acha* que está acontecendo com você?

— Estou perplexa. Mencionei que precisei de uma psicanálise de quatro anos tempos atrás, quando estava numa crise terrível. Mas mesmo assim não tive *esta* sensação. E a partir daí a vida tem sido boa. Até agora eu estive bem por muitos anos.

— Esse estado de não estar em sua vida... Vamos retrocedê-lo. Quando você acha que essa sensação começou? Quanto tempo atrás?

— Não sei dizer. É uma sensação tão estranha e tão vaga que é difícil localizar. Sei que estamos na Califórnia há uns três dias.

— Seu e-mail para mim foi escrito uma semana atrás. Aquilo foi antes de você vir à Califórnia. Onde estava naquele momento?

— Passamos uma semana em Nova York, depois uns dias em Washington e, em seguida, voamos até aqui.

— Algo perturbador ocorreu em Nova York ou Washington?

— Nada. Só o *jet lag* habitual. Pavel teve diversas reuniões de negócios e eu fiquei sozinha. Adoro explorar cidades.

— E desta vez? Diga-me exatamente o que fez enquanto ele estava trabalhando.

— Em Nova York, caminhei. Eu... Como se diz em inglês? Olhava as pessoas? Observava as pessoas?

— Sim, observava as pessoas.

— Eu observava as pessoas, fiz compras e passei dias visitando o Metropolitan Museum. Estou certa de que me senti bem em Nova York, porque lembro que, num belo dia ensolarado, Pavel e eu fizemos um passeio de barco em torno da ilha Ellis e da Estátua da Liberdade. Sentíamo-nos maravilhosamente bem. Portanto, foi *após* Nova York que comecei a degringolar.

— Tente recordar a viagem a Washington. O que você fez?

— Fiz o que sempre faço. Segui meu padrão habitual. Visitei os museus da rede Smithsonian o dia todo: o Aeroespacial, o de História Natural, o da História Americana e... Sim! *Teve* um acontecimento forte quando visitei a Galeria Nacional.

— O que aconteceu? Tente descrever.

— Fiquei empolgada quando vi uma enorme faixa anunciando uma exposição sobre a história do balé.

— Sim, e o que aconteceu?

— Assim que vi a faixa, corri para dentro da galeria tão empolgada que forcei a passagem até a frente da fila. Estava procurando algo. Acredito que estivesse procurando pelo Sergei.

— Sergei? Quer dizer, seu primeiro marido?

— Sim, meu primeiro marido. Isso não vai fazer sentido para você sem que eu conte algumas coisas sobre minha vida. Posso contar alguns pontos principais? Venho ensaiando essa fala há dias.

Preocupado de que ela fosse subir ao palco e que sua apresentação pudesse esgotar todo o nosso tempo, respondi:

— Sim, um resumo seria útil.

— Para começar, você precisa saber que tive total carência de cuidados maternos e que minha sensação por toda a vida da falta desses cuidados foi o foco central de minha análise. Nasci em Odessa e meus pais já eram separados. Nunca conheci meu pai e minha mãe nunca falou dele. Minha mãe mal falava sobre qualquer coisa. Pobre mulher, vivia doente e morreu de câncer antes que eu completasse dez anos. Lembro que na minha festa de dez anos...

— Natasha, desculpe interromper, mas tenho um dilema. Acredite que estou interessado em tudo que tem a dizer, mas também tenho que controlar o tempo porque só temos estas duas sessões e quero, para o seu próprio bem, usar nossa hora de modo eficiente.

— Você está certo. Quando estou no palco, esqueço o tempo. Vou me apressar agora e prometo não me desviar. De qualquer modo, depois que minha mãe morreu, sua irmã gêmea, tia Olga, levou-me a São Petersburgo e me criou. Tia Olga era uma pessoa legal e sempre foi boa para mim, mas tinha de se sustentar, pois era solteira, trabalhava duro e tinha pouco tempo para mim. Era uma ótima violinista e viajava com a orquestra sinfônica grande parte do ano. Sabia que eu era uma boa dançarina. Cerca de um ano depois que cheguei, marcou uns testes, nos quais me saí razoavelmente bem para que ela me confiasse à Academia de Balé Vaganova, onde passei os oito anos seguintes. Tornei-me tão boa bailarina que, aos dezoito anos, recebi uma oferta do Teatro de Ópera e Balé Kirov, no qual dancei por alguns anos. Foi ali que conheci Sergei, um dos maiores bailarinos,ególatras e mulherengos de nossa época e que também é o grande amor de minha vida.

— Você usa o tempo presente? Ainda é o grande amor de sua vida?

Um pouco irritada com minha interrupção, ela disse, enfaticamente:

— Por favor, deixe-me continuar. Você pediu que eu me apressasse. Estou me apressando e quero relatar isso da minha própria maneira. Sergei e eu nos casamos e, quase milagrosamente, conseguimos fugir quando ele aceitou uma oferta do La Scala na Itália. Afinal, quem conseguia viver na Rússia naqueles anos? Agora preciso discutir Sergei; ele teve um papel preponderante na minha vida. Menos de um ano após nosso casamento, eu estava paralisada pela dor, e o médico me contou que eu tinha gota. Pode imaginar uma doença mais catastrófica para uma bailarina? Não existe. A gota acabou com minha carreira antes dos trinta. E aí, o que Sergei, o amor de minha vida, fez? Imediatamente me trocou por outra dançarina. E que foi que fiz? Pirei. Quase me matei com álcool e quase o matei com uma garrafa quebrada; deixei uma cicatriz no seu rosto para se lembrar de mim. Minha tia Olga teve de me tirar do hospital psiquiátrico de Milão e me levar de volta à Rússia. Foi *nessa* época que comecei a psicanálise que salvou minha vida. Minha tia encontrou um dos únicos psicanalistas de toda a Rússia, que atendia de forma clandestina. Grande parte da análise foi sobre Sergei, superar a dor que me infligiu, deixar o álcool para sempre, acabar meu desfile de casos superficiais. E talvez sobre aprender a amar, a mim e aos outros.

"Quando melhorei, entrei para a universidade e, nos estudos musicais, logo descobri, para minha surpresa, que tinha talento para o violoncelo. Não o suficiente para tocar, mas sim para lecionar. Desde então venho lecionando. Pavel, meu marido, foi um de meus primeiros alunos. O pior violoncelista que já vi, mas uma pessoa maravilhosa e, ao que se revelou mais tarde, um homem de negócios muito inteligente e bem-sucedido. Nós nos apaixonamos, ele se divorciou da esposa por minha causa, nos casamos e temos uma longa e maravilhosa vida juntos."

— Muito sucinto e claro, Natasha. Obrigado.

— Como você vê, ensaiei esta fala em minha mente muitas vezes. Entende por que não queria ser interrompida?

— Sim, entendo. Portanto, agora vamos retornar ao museu em Washington. A propósito, caso eu use palavras que não entenda, por favor me interrompa e diga.

— Até aqui entendi tudo. Meu vocabulário é bom; leio muitos romances americanos para não esquecer meu inglês. Agora mesmo estou lendo *Henderson, o rei da chuva*.

— Você tem bom gosto. É um dos meus livros favoritos, e Bellow é um dos nossos maiores escritores, embora não seja um Dostoiévski. Mas, retornando à exposição, depois do que você me contou, posso entender quão emocionante deve ter sido para você. Conte-me exatamente o que aconteceu.

Você disse que entrou procurando por Sergei, o homem que disse ser "o amor de sua vida"?

— Sim, estou certa agora de que Sergei foi meu objetivo, meu objetivo secreto quando entrei na exposição. E digo secreto até para mim. O amor de minha vida não significa necessariamente minha vida *consciente*. Você, um terapeuta famoso, deveria entender isso.

— Mea-culpa.

Achei suas estocadas suaves muito encantadoras e estimulantes.

— Eu o perdoo... Só desta vez. Agora minha visita à exposição... Mostraram uma série de cartazes russos antigos do Bolshoi e do Kirov. Um deles, pendurado perto da entrada, era uma foto impressionante de Sergei voando feito um anjo pelo ar, no Lago dos Cisnes. Estava um pouco borrada, mas estou certa de que era Sergei, embora seu nome não fosse citado. Procurei durante horas em toda a exposição, mas não havia menção ao seu nome nem uma vez. Dá para acreditar? Sergei foi como um deus, mas seu nome já não existe. Agora me lembro...

— O quê? Do que você se lembra?

— Você perguntou quando comecei a me perder. Aconteceu *ali*. Lembro que saí daquela exposição como se estivesse num transe e não me senti mais como eu a partir daí.

— Você se lembra de ter procurado também por você no museu? Por fotos ou menções ao *seu* nome?

— Não me lembro daquele dia muito bem. Portanto, tenho que reconstruí-lo. É essa a palavra certa?

— Eu entendo. Você precisa reconstituí-lo.

— Sim, preciso reconstituir a visita. Acho que fiquei tão chocada por Sergei não ter sido incluído que disse para mim: "Se ele não estava lá, como eu poderia estar incluída?" Mas talvez, de forma tímida, eu procurasse por mim. Havia algumas fotos sem datas da *Giselle* do La Scala (por duas temporadas fiz o papel de Mirta). Lembro que olhei uma foto tão de perto que meu nariz tocou nela, o guarda veio correndo, fez uma cara feia, apontou para uma linha imaginária no chão e ordenou que não a ultrapassasse.

— Parece algo bem humano procurar por si mesma nessas fotos históricas.

— Mas que direito eu tinha de procurar por mim? Repito: continuo achando que você não entendeu, não está ouvindo. Você não notou que Sergei era um deus, que ele se elevava acima de nós nas nuvens e que todos nós, todos os demais bailarinos, elevávamos o olhar para ele como crianças olhando para um zepelim majestoso.

— Estou intrigado. Deixe-me sintetizar o que sei até agora sobre Sergei. Ele era um grande bailarino; vocês dois se apresentaram juntos na Rússia. Quando ele desertou para dançar na Itália, você optou por ir junto e se casou com ele. Então, quando teve gota, ele imediatamente a abandonou e arranjou outra mulher, e nesse momento você ficou extremamente perturbada e o cortou com uma garrafa quebrada. Tudo certo até agora?

Natasha assentiu com a cabeça.

— Certo.

— Depois que deixou a Itália com sua tia, que outro contato teve com Sergei?

— Nenhum. Nada. Nunca mais o vi. Nenhuma palavra.

— Mas você continuou pensando nele.

— Sim, de início, quando ouvia mencionarem seu nome, ficava obcecada com ele e tinha que bater na minha cabeça para tirá-lo do cérebro. Mas acabei tirando-o da memória. Eu o eliminei.

— Ele lhe causou um grande dano e você o eliminou da memória, mas semana passada foi à exposição da Galeria Nacional pensando nele como "o amor de sua vida", procurando por ele, e depois ficou indignada por ele ter sido ignorado e esquecido. Você pode ver minha perplexidade.

— Sim, sim, entendo você. Uma grande contradição, concordo. Ir à exposição daquele museu foi como realizar uma escavação na minha mente. Foi como se eu cegamente topasse com um enorme veio de energia que agora está jorrando. Falo de um modo rudimentar. Você me entende?

Quando assenti, Natasha continuou:

— Sergei era quatro anos mais velho que eu, portanto está agora com uns 73. Quer dizer, se ainda estiver vivo. Mas não consigo imaginar um Sergei de 73 anos. É impossível. Acredite em mim: se você o conhecesse, entenderia. Na minha mente, vejo apenas aquele jovem e bonito bailarino no cartaz navegando para sempre pelo ar. Se ouvi falar dele? Não, nenhuma palavra sobre ele desde que cortei seu rosto tanto tempo atrás. Eu poderia descobrir. Provavelmente poderia achá-lo na internet, talvez no Facebook, mas tenho medo de procurar.

— Medo de...?

— Quase tudo. De que esteja morto. Ou de que ainda esteja bonito e me queira. De que trocaremos e-mails, a dor em meu peito será insuportável e nos apaixonaremos novamente. De que deixarei Pavel e voltarei para Sergei onde quer que esteja.

— Você fala como se sua vida com Sergei estivesse congelada no tempo e existisse em algum lugar; como se tudo (o amor mútuo, as paixões avassaladoras, mesmo a beleza jovial) fosse voltar a ser como era antes.

— Sim.

— Enquanto a verdade, o cenário da vida real, é que Sergei estará morto ou terá o aspecto de um homem enrugado de 73 anos, provavelmente com cabelos grisalhos, brancos ou calvo, possivelmente um pouco recurvado, com uma sensação bem diferente da sua sobre o tempo que viveram juntos, talvez não pensando muito bem de você cada vez que olha a cicatriz no rosto.

— Fale à vontade, mas neste momento não estou ouvindo o que está dizendo. Nenhuma palavra.

O tempo se esgotou e, ao se dirigir à porta, ela percebeu sua fotografia na mesa e voltou para pegar. Eu a apanhei e lhe entreguei. Pondo-a de volta na bolsa, ela disse:

— Vejo-o amanhã, mas não vamos mais falar dessa foto. Basta!

— Voo para Odessa esta noite e dormi tão mal por sua culpa que nem estou triste por ser nosso último encontro — disse ela, quando começamos no dia seguinte. — Suas palavras sobre Sergei foram cruéis, você sabe. Muito cruéis. Por favor, responda a esta pergunta: você fala assim com todos os pacientes?

— Considere isso um elogio à força que vejo em você.

Com uma expressão ligeiramente perplexa, ela fez um beicinho, começou a responder, mas se conteve e, em vez disso, olhou longamente para mim. Respirou fundo e se reclinou na cadeira.

— Tudo bem, vou ouvi-lo. Estou pronta. Ouvindo. Aguardando.

— Por favor, comece contando mais sobre os pensamentos que a mantiveram acordada esta noite.

— Dormi apenas durante breves períodos, porque na maior parte da noite fui assolada por um sonho que não terminava, com uma versão após a outra. Estou visitando o Congo com uma delegação e, de repente, não consigo encontrar os outros. Fico sozinha. Percebo que posso estar no ponto mais perigoso da Terra e entro em pânico. Em outra versão, estou caminhando num bairro deserto batendo nas portas e encontrando-as todas aparafusadas. Noutra, entro numa casa deserta e me escondo num armário quando ouço passadas fortes se aproximando do lado de fora. Na quarta versão, uso meu celular para ligar para a minha delegação, mas não sei minha localização e não posso informar onde estou. Sugiro que tragam lanternas e as balancem para que eu possa ver da janela, mas percebo que estou numa cidade enorme e que essa é uma sugestão inviável. E assim foi a noite inteira.

Ela pôs a mão no peito.

— Mesmo agora meu coração está batendo só de contar o sonho. Um pesadelo que prosseguiu a noite toda. Que terrível!

— Quais palpites você tem sobre o sonho? Pense nisso e diga o que vier à mente.

— Sei que li algo no jornal outro dia sobre atrocidades na África e o exército de crianças matando todos no seu caminho, mas não me aprofundei no assunto. Sempre tenho uma noite ruim depois de ler algo assim. Se vejo uma matança na TV, desligo. Perdi a conta dos filmes que abandonei pela metade pelo mesmo motivo.

— Continue. Diga-me tudo que lembra do sonho.

— Só isso. Estou num local onde, repetidamente, minha vida corre perigo.

— Pense nesta afirmação: "Minha vida corre perigo." Faça associações livres, quer dizer, tente deixar sua mente correr solta; apenas observe a distância e descreva todos os pensamentos que passam por ela, como se olhasse para uma tela de cinema.

Após respirar fundo e lançar um olhar de exasperação, Natasha apoiou a cabeça no espaldar da cadeira, murmurou "minha vida está em risco" e silenciou-se.

Passado um minuto ou dois, eu a instiguei:

— Um pouco mais alto, por favor.

— Sei o que *você* quer ouvir.

— E não quer dizer para mim.

Ela concordou com a cabeça.

— Tente imaginar isso — continuei. — Você continua em silêncio aqui até nosso tempo terminar. Imagine que está deixando meu consultório. Como se sentiria?

— Tudo bem, vou dizer. *Claro* que minha vida corre perigo. Tenho 69 anos. Quanta vida ainda tenho pela frente? Minha vida estava toda lá atrás. Minha vida real.

— Sua vida real? Você se refere ao palco, dançando com Sergei?

— Alguma vez *você* já dançou?

— Só sapateado. Eu costumava imitar todos os passos de Fred Astaire, às vezes em casa, às vezes na rua.

Os olhos de Natasha se arregalaram e me fitaram espantados.

— Estou brincando. Sou um dos piores dançarinos do mundo, mas adoro assistir. Posso imaginar quão glorioso foi para você dançar diante daquelas grandes plateias aplaudindo.

— Você é bem brincalhão para um analista, sabia? E um pouco sedutor.

— O que acha disso?

— Tudo bem.

— Ótimo. Então me ensine sobre a vida real no passado.

— A vida era bem empolgante. As multidões, os fotógrafos, a música celestial, os figurinos, Sergei (um dos homens mais bonitos do mundo), o álcool, a intoxicação da dança e o sexo selvagem. Tudo que veio depois empalidece em comparação.

Natasha, que estava sentada na beira de sua cadeira ao falar, relaxou e reclinou.

— Aonde seus pensamentos vão agora?

— Eis algo que devo lhe contar: ultimamente tenho tido um pensamento estranho, de que cada dia que vivo agora, mesmo um dia bom, é também um dia de tristeza, porque me afasta cada vez mais de minha vida real. Não é estranho?

— É como eu já disse. É como se aquela vida real ainda existisse em animação suspensa. Se tivéssemos o transporte certo, poderíamos ir até lá, você me mostraria os lugares e apontaria as coisas familiares. Entende o que quero dizer?

Quando Natasha assentiu, prossegui:

— De certa forma, essa ideia é a chave para entender sua ida ao museu. Você não estava em busca só de Sergei; estava em busca de vida perdida, ainda que a parte adulta de sua mente saiba que tudo é transitório, que o passado só existe na mente e que seu mundo anterior existe agora só na lembrança, um sinal elétrico ou químico armazenado em algum lugar de seu cérebro.

"Natasha, entendo sua situação na vida. Sou bem mais velho que você e estou lidando com as mesmas questões. Para mim, uma das piores coisas sobre a morte é que, quando eu morrer, meu mundo inteiro (quer dizer, meu mundo de lembranças, esse mundo rico povoado por todos que já conheci, esse mundo que parece tão enraizado no granito) desaparecerá comigo. Simples assim. Nas últimas semanas venho esvaziando caixas de velhos jornais e fotos. Olho para eles, talvez uma foto de alguma rua do meu bairro de infância ou algum amigo ou parente que nenhuma outra pessoa viva conheceu, e jogo fora. Sempre que faço isso, algo treme por dentro quando vejo pedaços de meu velho mundo real se desfazendo."

Natasha respirou fundo e, com uma voz mais suave, disse:

— Entendo tudo que você diz. Obrigado por me contar isso. Significa muito quando você fala assim. Sei que diz a verdade, mas é difícil absorver. Vou lhe contar: bem agora, neste exato momento, sinto Sergei vibrando na minha mente. Sei que ele luta para permanecer ali, para permanecer existindo, dançando para sempre.

— Quero dizer algo mais sobre Sergei — disse eu. — Conheço um monte de gente que foi para encontros da ex-turma do colégio e imediatamente se apaixonou, às vezes por um antigo namorado, outras por alguém que nem conhecia bem. Muitos optaram por um casamento tardio, alguns com sucesso, mas outros desastrosamente. Acredito que muitos deles amaram por associação, ou seja, amaram a alegria juvenil, seus velhos tempos de escola e suas expectativas sonhadoras de uma vida empolgante, estendendo-se de forma mágica e imensurável à sua frente. Mas não foi uma paixão por alguém em particular. Foi tornar aquela pessoa um símbolo de toda a alegria da juventude. O que estou tentando dizer é que Sergei fez parte daquele tempo mágico da juventude e, porque estava lá naquela época, você o imbuiu de amor, ou seja, *colocou o amor nele*.

Natasha permaneceu em silêncio. Após alguns minutos, perguntei:

— O que está passando por sua mente durante este silêncio?

— Estava pensando no título de seu livro *O carrasco do amor*.

— E você sente que estou sendo o carrasco do amor com você?

— Não pode negar isso.

— Lembre-se de que você me contou que se apaixonou por Pavel e vive uma vida maravilhosa com ele. Ao dizer isso, senti apenas satisfação por vocês. Portanto, não é o amor que estou perseguindo; meu interesse é na miragem do amor.

Silêncio.

— Um pouco mais alto.

— Ouço uma voz tão suave, um sussurro, aqui dentro.

— E ela diz...?

— Diz: "Dane-se! Não vou desistir de Sergei."

— É preciso tempo. Você vai ter que resolver isso em seu próprio ritmo. Deixe-me fazer uma pergunta diferente: quero saber se sentiu alguma mudança desde que começamos.

— Mudança? O que você quer dizer?

— Ontem você descreveu aquela terrível sensação de estar fora da vida, de não experimentar nada, de não estar presente. Esse sintoma mudou agora? Parece que está bem presente aqui em nossas sessões.

— Não posso negar... Tem razão. Não posso estar mais "presente" do que agora. Manter os pés em brasas concentra minha mente.

— Você me acha cruel?

— Cruel? Não exatamente cruel, mas duro, muito duro.

Olhei para o relógio. Restavam apenas poucos minutos. Como os usar de modo mais eficaz?

— Você gostaria de fazer alguma pergunta?

— Hum, isso é incomum. Sim, tenho uma pergunta. Como *você* faz? Como você enfrenta o fato de ter oitenta anos e sentir o fim se aproximando?

Como refleti sobre minha resposta, ela disse:

— Não, eu sou cruel. Desculpe-me, não deveria ter perguntado.

— Não há nada de cruel em sua pergunta. Agrada-me que a tenha feito. Estou tentando formular, apresentar uma resposta honesta. Existe uma frase de Schopenhauer que compara a paixão do amor ao Sol que cega. Quando ela perde força nos últimos anos, percebemos um céu maravilhosamente estrelado que estava obscurecido pelo Sol. Então, o desaparecimento das paixões juvenis, às vezes tirânicas, fez com que eu apreciasse mais o céu estrelado e todas as maravilhas de estar vivo, maravilhas que antes eu ignorava. Estou na casa dos oitenta e vou lhe contar algo inacreditável: nunca me senti melhor ou mais em paz comigo. Sei que minha existência está chegando ao fim, mas o fim sempre existiu. A diferença agora é que valorizo os prazeres da pura percepção e sou suficientemente afortunado para compartilhá-los com minha mulher, com quem vivi quase toda a vida.

— Obrigada. De novo, quero lhe dizer quão importante é quando você fala pessoalmente comigo. É engraçado, mas, quando você estava falando, um sonho que tive no início desta semana veio à mente. Eu tinha esquecido, mas acabou de voltar e está bem claro agora. Eu estava caminhando numa estrada deserta e, de algum modo, sabia que o último a passar por aquela estrada fora meu cão Baloo. Então, vi Baloo na beira da estrada e fui até ele, inclinei-me e olhei direto em seus olhos. E pensei: *você e eu somos almas vivas*. E depois: *não estou melhor do que ele*.

— E os sentimentos que acompanham esse sonho?

— De início, fiquei feliz de ver meu cão de novo. Veja bem: Baloo morreu três semanas antes de partirmos para os Estados Unidos. Foi meu companheiro por dezesseis anos; foi difícil superar a tristeza. Na verdade, eu me empolguei com a viagem aos Estados Unidos porque achei que poderia ajudar a superar minha dor. Você tem um cão? Se não tem, não vai entender.

— Não, gosto de gatos. Mas acho que posso entender sua dor.

Ela hesitou e assentiu com a cabeça, como se estivesse satisfeita com minha resposta.

— Sim, foi muito profunda. Meu marido diz que foi profunda demais. Acha que eu me apeguei exageradamente a Baloo e que ele foi o substituto de um filho. Não sei se lhe contei que não tenho filhos.

— Então, no sonho, você está percorrendo a mesma estrada que Baloo pegou semanas antes, olha fundo nos olhos dele e diz: "Somos almas vivas e não estou melhor que você." O que acha que o sonho está tentando comunicar?

— Sei o que *você* pensaria.

— Diga.

— Que sei que estou percorrendo a estrada da morte igual a Baloo.

— Como todas as almas vivas.

— Sim, como todas as almas vivas.

— E você? O que pensa?

— Acho que toda esta conversa está piorando as coisas para mim.

— Porque você está mais perturbada.

— Mais algumas sessões de terapia como esta e terei de voltar para casa de ambulância.

— Todos os sintomas que você descreveu ontem (estar distante da vida, isolada, não estar na sua vida) serviram para anestesiá-la da dor inerente a uma alma viva. Veja como começamos. Você entrou no meu consultório com uma fotografia sua...

— Oh, não! Isso, de novo, não.

— Sei que me proibiu de discutir isso, mas estou desobedecendo por ser importante. Por favor, ouça o que vou dizer. Você já sabe disso tudo. Não estou lhe contando nada que já não saiba. É mais fácil repelir algo dito para você de fora do que algo que surja de você. Acredito que você mesma já tenha chegado à conclusão que estou lhe sugerindo. Está tudo naquele sonho de percorrer a mesma estrada de Baloo. Fico impressionado com o fato de seu sonho, que fornece a chave de seu enigma, ter retornado a você justamente quando nos preparávamos para parar. E a fotografia que me deu no início foi uma pista do rumo que eu deveria tomar com você.

— Você diz que eu já sabia disso tudo? Está me dando crédito demais.

— Não concordo. Só estou apoiando a parte de você onde reside a sabedoria.

Olhamos para o relógio. Havíamos passado vários minutos do fim da sessão. Quando se levantou e recolheu seus objetos, Natasha disse:

— Posso contatar de novo você por e-mail ou Skype, se tiver mais perguntas?

— Claro, mas lembre-se: estou velho, portanto não espere muito.

CAPÍTULO 4
Obrigado, Molly

Poucos meses atrás, fui ao velório de Molly, minha assistente pessoal, pau para toda obra, que trabalhou para mim por décadas e que foi tanto uma dádiva quanto um grande espinho ao meu lado. Eu a empreguei inicialmente em 1980 para coletar minha correspondência e pagar minhas contas durante uma licença sabática de um ano em que morei e escrevi na Ásia e na Europa. Quando retornei, Molly ficou insatisfeita com seu papel secundário e, pouco a pouco, começou a se intrometer em minhas questões domésticas. Logo ela estava gerindo todos os nossos assuntos financeiros e domésticos, pagando contas, cuidando da correspondência e redigindo documentos, manuscritos e contratos. Ela demitiu meu jardineiro e instalou sua própria equipe de jardinagem e, mais tarde, de pintores, faxineiros e biscateiros — embora, se o serviço fosse pequeno, insistisse em fazê-lo pessoalmente. Nada a detinha. Certo dia, ao chegar em casa, encontrei várias camionetes em nossa entrada e Molly ao pé de uma enorme árvore, gritando para um homem, uns trinta metros acima, quais galhos ele deveria serrar. Fiquei surpreso de ela não ter subido na árvore. Ela insistiu que havia discutido aquele projeto comigo, mas eu tinha certeza de que não. Aquela foi a gota d'água. Despedi-a no ato e pelo menos três outras vezes, mas não adiantava. Sempre que eu reclamava de sua remuneração, ela me lembrava, com razão, das muitas noites torturantes que minha mulher e eu passamos pagando contas ou calculando o saldo bancário até ela surgir, e então sugeria que eu trabalhasse para alguns pacientes horas a mais para pagar seu salário. Insistia que era indispensável; minhas demissões e objeções nunca eram para valer, porque eu sabia que ela estava certa. Fiquei muito triste com sua morte em decorrência de um câncer no pâncreas e sabia que nunca encontraria uma substituta.

O enterro de Molly realizou-se numa magnífica tarde ensolarada no amplo quintal da casa de seu filho. Fiquei surpreso ao ver diversos colegas de Stanford. Eu não tinha a menor ideia de que ela também trabalhava para eles, mas lembrei que Molly seguia um código de confidencialidade rigoroso, recusando-se a revelar as identidades de quaisquer de seus clientes. No fim do velório, imediatamente me levantei para partir e apanhar alguns amigos no aeroporto, mas, ao abrir o portão para a rua, ouvi chamarem meu nome. Ao me virar, vi um imponente homem mais velho, com um fabuloso chapéu-panamá de abas largas, aproximando-se de mim, acompanhado por uma mulher encantadora. Vendo que não o havia reconhecido imediatamente, apresentou-se:

— Sou Alvin Cross, e esta é a minha mulher, Monica. Fiz terapia com você muito tempo atrás.

Odeio essas situações embaraçosas. Reconhecer rostos nunca foi meu forte, e conforme envelheci isso foi progressivamente piorando. Ao mesmo tempo, senti que seria doloroso para esse ex-paciente saber que eu não me lembrava dele, de modo que parei por um momento, aguardando e esperando que lembranças assomassem à minha mente.

— Alvin, que bom revê-lo! E que bom conhecê-la, Monica!

— Irv Yalom, é um prazer enorme conhecê-lo — disse ela. — Ouvi muito a seu respeito. Acho que devemos nosso encontro, nosso casamento e nossos dois filhos maravilhosos a você.

— É maravilhoso ouvir isso. Desculpe-me por demorar a recordar, Alvin, mas em poucos minutos lembrarei tudo sobre nosso período juntos... É assim que funciona na minha idade.

— Eu era e continuo sendo radiologista em Stanford; comecei a me consultar logo depois que meu irmão morreu — disse Alvin, tentando estimular minha memória.

— Ah, sim, sim, começo a lembrar — menti. — Eu adoraria uma longa conversa e pôr em dia sua vida pós-terapia, mas estou correndo para buscar uns amigos no aeroporto. Poderíamos nos encontrar para um café e bater um papo mais tarde nesta semana?

— Adoraria.

— Ainda está em Stanford?

— Sim. — Pegou seu cartão da carteira e entregou para mim.

— Obrigado. Ligarei amanhã — disse eu, ao sair apressado, aflito por meu lapso de memória.

Naquela noite, fui ao meu depósito procurar minhas anotações sobre Alvin. Ao percorrer meus arquivos de históricos de pacientes, pensei em todas as histórias profundas, muitas vezes edificantes e às vezes trágicas, encontradas naqueles históricos. Cada um trazia à mente o drama fascinante entre duas pessoas no qual me envolvi e foi difícil parar de reviver aqueles velhos encontros esquecidos. Achei o arquivo de Alvin Cross na minha seção de 1982 — embora eu o visse por apenas doze horas, era um arquivo grosso. Naquela era pré-computador, eu me dava ao luxo de ter uma assistente pessoal e ditava longas notas detalhadas de cada sessão. Abri o arquivo de Alvin e pus-me a ler. Em poucos minutos, tudo se rematerializou em minha mente.

Alvin Cross, um radiologista do Hospital Stanford, ligou e pediu uma consulta para resolver certos problemas pessoais. Muitos médicos de Stanford, meus pacientes, fazem questão de chegar pontualmente ou mesmo uns minutos atrasados, entrando furtivamente em meu consultório, porque se sentem constrangidos em serem vistos visitando um terapeuta. Mas não o dr. Cross, que se sentou confortavelmente lendo uma revista na sala de espera da clínica. Quando me aproximei e me apresentei, deu um forte aperto de mão, adentrou meu consultório de maneira calma e confiante e sentou-se em postura ereta em sua cadeira.

Comecei, como costumo fazer na primeira sessão, compartilhando as informações de que dispunha.

— Tudo que sei a seu respeito, dr. Cross, vem de nossa conversa telefônica. Você é médico no Hospital Stanford, ouviu minha palestra recente nas reuniões clínicas sobre meu trabalho de psicoterapia com pacientes que morrem de câncer de mama e achou que eu poderia ajudá-lo.

— Sim, está certo. Você deu uma palestra estimulante e incomum. Compareço a reuniões clínicas há anos e aquela foi a primeira que ouvi sobre sentimentos humanos, sem *slides*, dados ou laudos patológicos.

Minha primeira impressão de Alvin Cross foi a de um homem respeitável e atraente na casa dos trinta, com traços bem definidos, cabelos ligeiramente grisalhos nas têmporas e um jeito seguro de falar. Ele e eu estávamos vestidos da mesma forma, ambos trajando nossos jalecos brancos com os nomes bordados em letras cursivas azul-escuras no bolso superior esquerdo.

— Então, diga-me, o que eu disse na palestra que o levou a pensar que eu poderia ajudar?

— Pareceu que você tinha sentimentos compassivos por seus pacientes — começou ele. — Fiquei impressionado com sua descrição de um oncologista que informava friamente à sua paciente os resultados de seus exames radiológicos, do terror dela ao saber que seu câncer havia entrado em metástase e de como se agarrou ao marido, do seu terror ao receber uma sentença de morte.

— Sim, lembro. Mas diga sobre a importância disso para você e para mim hoje.

— Bem, sou o sujeito que redige essas sentenças de morte. Venho escrevendo esses tipos de laudos há cinco anos, mas sua palestra fez com que eu encarasse meu trabalho de forma diferente.

— Tornou-o mais pessoal?

— Exatamente. Em nossas salas de laudos radiológicos, não encontramos o paciente inteiramente. Procuramos áreas de calcificação ou tamanhos aumentados de nodos. Procuramos coisas estranhas que possamos mostrar aos estudantes: órgãos deslocados por massas, osso decalcificado no mieloma, intestino inchado, um baço dilatado. Trata-se sempre de partes do corpo, nunca da pessoa inteira em corpos inteiros. Mas agora penso como os pacientes se sentem e como parecerão seus rostos quando os médicos lerem para eles meus laudos de raios X. Isso me deixa um pouco abalado.

— Essa mudança é recente? Desde minha palestra?

— Sim, bem recente. Em parte, graças à sua palestra. Caso contrário, eu não teria conseguido funcionar no meu trabalho todos esses anos. Sei que você não gostaria de ter seus raios X interpretados por alguém perturbado por como você se sentirá sobre seu laudo.

— Com certeza. Nossos campos são tão diferentes, não é? Luto para estar perto; você, para ficar distante.

Ele assentiu com a cabeça e continuei:

— Mas você disse que suas mudanças se deveram "em parte" à minha palestra. Algum palpite sobre o que mais foi responsável?

— Mais do que um palpite. Foi a morte de meu irmão alguns meses atrás. Algumas semanas antes de morrer, ele pediu que eu olhasse suas radiografias. Câncer de pulmão. Fumante compulsivo.

— Conte-me sobre você e seu irmão.

Durante minha residência, haviam me ensinado a realizar uma entrevista bem sistemática, começando pela queixa apresentada, seguindo um protocolo (um histórico da doença atual seguido de uma exploração de família, educação, vida social, desenvolvimento sexual e histórico vocacional do paciente) e depois passando para as complexidades do exame psicológico. Mas eu não tinha nenhuma intenção de seguir qualquer esquema. Fazia décadas que eu não procedia tão sistematicamente. Como todo terapeuta experiente, atuo bem mais intuitivamente em minha busca de informações. Passei a confiar tanto na minha intuição que suspeito que já não sou um bom professor para iniciantes, que requerem diretrizes metódicas em seu início de carreira.

— Quando meu irmão, Jason, ligou pedindo que eu examinasse suas radiografias, era a primeira vez que eu ouvia sua voz em mais de quinze anos. Tivéramos uma desavença — disse o dr. Cross, suspirando e olhando para mim; seus lábios tremiam. — Fiquei surpreso ao ver aquilo. Foi meu primeiro vislumbre de vulnerabilidade.

— Conte-me a respeito — disse eu, mais suavemente agora.

— Jason é dois anos mais novo... *Era* dois anos mais novo. Acho que eu era um exemplo difícil de seguir. Eu era o garoto bom, sempre o melhor aluno da turma. Invariavelmente, cada vez que o pobre Jason entrava numa escola nova, era recebido por um coro de professores falando sobre mim e dizendo que esperavam que ele fosse tão bom aluno quanto eu. Acabou optando por não competir, por não participar. No ensino médio, raramente abria um livro e se entregou às drogas. Talvez não *conseguisse* competir. Creio que não fosse tão brilhante assim.

"Ao final do último ano no colégio, envolveu-se com uma moça que acabou definindo seu futuro. Ela era companheira de drogas, tinha boa aparência, embora fosse vulgar e intelectualmente limitada. Sua aspiração de vida era ser manicure. Logo se envolveram, e uma noite ele a trouxe para jantar em casa. Foi um desastre de proporções bíblicas. Ainda consigo ver a cena: os dois, sujos e desgrenhados, em amassos o tempo todo diante de nós. Meus pais e avós ficaram chocados e contrariados. Para falar a verdade, eu também.

"Todos na família detestaram sua namorada, mas ninguém disse nada porque sabiam que Jason faria exatamente o oposto. Então, meus pais me deram a função de alertá-lo sobre ela. Tive de prometer que não mencionaria que foram eles que pediram que eu interviesse. Tive um papo de irmão mais velho com Jason e disse tudo. Contei que o casamento era uma decisão importante, que chegaria a hora em que ele quereria mais de uma esposa, que ela impediria seu progresso. Na manhã seguinte, ao acordarmos, percebemos que ele fora embora, levando todo o dinheiro da casa. Ele nunca mais falou com nenhum de nós de novo."

— A família colocou você contra a parede. Uma situação em que tanto falar quanto ficar calado seria ruim. Existem outros irmãos?

— Não, só nós dois. Em retrospecto, acho que talvez pudesse ter sido um irmão mais velho melhor e deveria ter me esforçado mais para restabelecer o contato com Jason tempos atrás.

— Vamos marcar isso e retornar mais à frente. Primeiro, conte-me o que aconteceu com seu irmão após a ruptura.

— Ele desapareceu. Daquele momento em diante, tudo que recebemos foram fragmentos de informações que chegavam de seus conhecidos. Ele estava trabalhando na construção civil, depois com pedras de cantaria. Fiquei sabendo que ele se tornou craque nisso e acabou construindo lareiras e paredes de pedra. Continuou abusando das drogas. De uma hora para outra, alguns meses atrás, veio o telefonema: "Alvin, aqui é o Jason. Estou com câncer de pulmão. Poderia ver meus raios X? Meu médico disse que não tem problema você ver."

"Claro que concordei. Peguei o nome do médico e prometi contatá-lo naquele mesmo dia. Descobri que Jason estava morando na Carolina do Norte e perguntei se poderia visitá-lo. Após uma pausa, uma pausa longa o suficiente para eu pensar que tivesse desligado, ele concordou."

Examinei o rosto do dr. Cross. Parecia tão tenso e tão triste que me perguntei se não estávamos nos precipitando. Mal havíamos dito "oi" antes de mergulharmos em águas bem fundas e turvas. Dei-lhe uma pausa para respirar, refletindo sobre o que acontecera até então entre nós.

— Meu plano, como lhe contei ao telefone, foi nos encontrarmos hoje numa consulta para ver se começar a terapia seria uma boa ideia. Já fez terapia antes?

Ele fez um sinal negativo com a cabeça.

— Não, nunca fiz terapia.

— Bem, conte-me, dr. Cross...

— Se não se importa, pode me chamar de Alvin.

— Tudo bem. E sou Irv. Então me conte, Alvin, como tem sido até este momento conversar comigo? Parece que avançamos rápido para sentimentos fortes. Talvez rápido demais?

Ele fez um sinal negativo com a cabeça.

— Nem um pouco.

— Estamos no rumo certo? Foi isso que você esperava discutir?

— Minha reação à morte de Jason é exatamente o que eu queria discutir. Estou surpreso, agradavelmente surpreso, por já termos chegado lá.

— Alguma pergunta para mim até agora? — perguntei, querendo estabelecer a norma do livre intercâmbio.

Ele pareceu perplexo. Depois, balançou a cabeça e disse:

— Não. O que mais quero fazer é contar-lhe esta história. Preciso pôr isso para fora.

— Por favor, prossiga.

— Então, após a ligação de Jason, embarquei num avião para a Carolina do Norte a fim de vê-lo. Em Raleigh, passei primeiro pelo consultório de seu médico e examinei as radiografias. O tumor de Jason era fatal. Havia se infiltrado no pulmão esquerdo e entrado em metástase em suas costelas, espinha dorsal e cérebro. Não havia esperança.

"Percorri a rodovia durante uma hora de carro e depois desci quase cinco quilômetros por uma estrada de terra da Carolina do Norte até uma casa deplorável, pouco mais que um barraco, embora tivesse uma impressionante lareira de pedra que ele construíra para si. Fiquei chocado com sua aparência. Seu câncer já realizara grande parte do trabalho e transformara meu irmão mais novo num homem velho. Jason estava extremamente magro. Seu corpo estava recurvado; seu rosto, pálido e cansado. E fumava maconha sem parar. Quando reclamei que a fumaça estava chegando até mim, ele mudou para o tabaco. 'Não é uma boa ideia com câncer de pulmão', quase disse eu, mas segurei minha língua. Tendo olhado os raios X, sabia que minhas palavras seriam inúteis. Portanto, fiquei ali sentado, observando meu irmão acometido de câncer fumar feito uma chaminé. Observei seu olhar algumas vezes ao acender os cigarros. Estou certo de que vi um olhar de desafio. Nunca esquecerei a cena."

— Lembra um pouco aquele dilema que você enfrentou anos antes ao desaprovar sua escolha de uma parceira. Ruim se você falasse, ruim se ficasse calado.

— Tive o mesmo pensamento. Continuar fumando era loucura, mas dizer isso teria sido loucura para mim. E, com certeza, contar o que achei de sua noiva foi a opção errada no passado, embora minha previsão sobre o relacionamento se mostrasse correta. Envergonha-me dizer, mas tive um lampejo de satisfação quando ele me contou que sua mulher desaparecera alguns anos antes com sua filha mais nova e todo o dinheiro que haviam guardado em casa. Ele não tinha notícias dela desde então. Acho que vinham plantando e vendendo maconha.

— Então, o que aconteceu depois entre vocês dois?

— Tive uma última chance de ser um bom irmão mais velho. Fiz o melhor que pude. Perguntei o que haviam dito sobre sua doença. Seu médico fora direto com ele: contou que o tratamento pouco ajudaria e que as estatísticas indicavam que ele tinha poucas semanas de vida. Com o coração pesaroso, confirmei o diagnóstico e o prognóstico sombrios do médico. Ofereci alguns conselhos médicos sobre como lidar com a dor. Disse que ele não estava sozinho, que eu estaria lá com ele. Quis abraçá-lo, mas não havia como recuperar o tempo perdido. Ofereci dinheiro, com certo mal-estar, já que ele o usaria em drogas. Mesmo assim, deixei trezentos dólares na mesa da cozinha antes de partir. Talvez ele tenha gostado daquilo, mas nunca disse. Eu não sabia o que mais poderia fazer. Ele não quis vir à Califórnia, convite que fiz sem muita convicção. Tampouco aceitava a quimioterapia ou qualquer outro tratamento que pudesse retardar um pouco o câncer ou torná-lo mais confortável. "Não fará a menor diferença e não estou nem aí", disse ele. Tentei ao máximo conversar sobre nossa família e nosso passado juntos, mas ele afirmou que queria esquecer tudo aquilo. Talvez, Irv, você tivesse sabido o que dizer. Fiquei num beco sem saída. Quando fui embora, concordamos em permanecer em contato, mas ele não tinha telefone. Disse que usaria o telefone de um vizinho para me ligar.

— Ele ligou?

— Nunca. E eu não tinha como falar com ele. Soube de um hospital da Carolina do Norte algumas semanas atrás que ele tinha morrido. Retornei para o leste para enterrá-lo no jazigo da família.

— Como foi para você?

— Solitário. Só uma tia e um tio idosos estavam lá, e alguns primos que mal o conheciam. Meus pais morreram dez anos atrás num acidente de carro. No enterro de Jason, fiquei pensando, repetidamente, que foi melhor meus pais estarem mortos e não terem de ver aquilo. Que vida triste, desperdiçada!

— E foi aí que seus sentimentos sobre seu trabalho mudaram?

— Sim, pouco depois daquilo. Eu sentia pavor de ir ao trabalho, ver os raios X e escrever laudos informando aos pacientes que morreriam. Tudo no trabalho, especialmente as radiografias do tórax, lembrava Jason.

Eu me voltei para dentro por um momento. Aquilo parecia bem objetivo. Um homem normal é traumatizado repetidamente por lembranças da morte em seu trabalho diário. Eu estava certo de que entendia o que vinha ocorrendo e sabia exatamente como ajudá-lo. Quando nossa sessão estava perto do fim, contei que achava que poderia ajudar e sugeri que nos víssemos semanalmente. Ele pareceu aliviado, como se tivesse acabado de passar num teste de palco.

Na sessão seguinte, obtive algumas informações sobre os antecedentes. Seu pai fora médico de família na área rural da Virgínia e sua mãe trabalhava com o marido como enfermeira no consultório em casa. Alvin havia feito o curto pré-médico na Universidade de Virgínia; depois, foi para a faculdade de medicina em Nova York e fez residência em radiologia na Califórnia. Era solteiro. Tivera muitos relacionamentos, mas nenhum durou muito tempo. Além disso, não saía com nenhuma mulher desde o telefonema de Jason.

Pedi um relato detalhado de um dia normal, começando pela hora de dormir. O exercício mostrou-se bem revelador, pois descobri que quase não havia intimidade em sua vida. Embora estivesse envolvido com estudantes e colegas durante o horário de trabalho, tinha poucos outros contatos. Passava os fins de semana sozinho, geralmente praticando caiaquismo, e quase todas as refeições eram solitárias: café e almoço na cantina do hospital, quentinhas nos jantares em casa, ou uma refeição rápida no balcão de algum restaurante, geralmente um bar de *sushi* ou ostras. Seus colegas haviam desistido de arrumar uma esposa para ele e passaram a vê-lo como um solteirão convicto. Algumas mulheres do corpo docente tentaram transformá-lo numa espécie de "titio", convidando-o para jantares festivos ou de família. Ele não tinha amigos íntimos ou confidentes e, ainda que tivesse um fluxo constante de namoros — a maioria, naquela era pré-internet, resultante de anúncios pessoais em jornais —, os relacionamentos sempre se desfaziam após uma saída ou duas. Naturalmente, indaguei sobre os términos rápidos, mas ele não deu uma resposta clara e, ainda mais estranho, parecia alheio à questão. Marquei aquilo também para exploração futura.

Seu período de sono costumava ser bom, de sete a oito horas por noite. Raramente se lembrava dos sonhos, mas recordou um pesadelo habitual que tivera várias vezes no último mês.

— Eu estava no banheiro olhando para o espelho e, de repente, via um grande pássaro preto voando para dentro do aposento. Não sabia de onde ele viera nem como conseguira entrar. As lâmpadas da casa começavam a enfraquecer até se apagarem por completo. Ficava escuro. Assustado, eu corria pelos outros aposentos, mas ouvia e sentia as asas tremulantes me seguindo. É nesse ponto que eu acordava apavorado, com o coração disparado e, estranhamente, com uma ereção elétrica.

Ele sorriu dessa aliteração.

Sorri de volta:

— Ereção elétrica?

— Estava zumbindo, palpitando.

— Quais palpites você tem sobre esse sonho, Alvin? Deixe seus pensamentos fluírem livremente por uns minutos. Em outras palavras, tente pensar em voz alta.

— Bem óbvio. O sonho é sobre a morte: pássaro preto, o corvo de Poe, aves predadoras, abutres comendo animais atropelados... Odeio abutres e urubus. Eu levava Jason, com nossas armas calibre 22, para abatê-los. Lembro-me claramente daquelas expedições de caça. Fizemos muitas delas. As luzes da casa enfraquecendo é a vida se apagando. Morro de medo da morte.

— Quanto você pensa a respeito?

— Desde que Jason morreu, está na minha mente quase diariamente. Antes disso, quase nunca. Lembro-me de uma montanha de pensamentos e temores da morte quando meus pais morreram. Eu já estava em Stanford. Lembro-me da ligação de minha tia como se fosse ontem. Eu estava assistindo a uma partida de basquete entre Warriors e Lakers na TV.

— Que horrível perder pai e mãe tão de repente!

— Foi um choque tão súbito, inesperado! As primeiras duas ou três semanas foram insustentáveis. Eu estava em estado de choque, portanto nem chorava. No entanto, é estranho: após um tempo eu me recuperei e fiquei melhor do que agora, com a morte de Jason.

— Alguma ideia da causa?

— Acho que é porque não tenho nenhum remorso sobre mim e meus pais. Todos nos amávamos uns aos outros. Eles sentiam orgulho de mim, eu era um bom filho. Viviam uma vida plena e meritória, eram adorados na comunidade, tinham um ótimo casamento e foram poupados dos estragos da velhice. Senti-me tranquilo em relação a nós. Nenhum remorso...

— Você pausou em "nenhum remorso".

— Você percebe tudo. Bem, creio que haja um remorso. Lastimo que meus pais não tenham vivido o suficiente para me verem casado e com filhos.

— Esta é a primeira menção que ouço a casamento ou filhos. Está nos seus planos?

— Sempre achei que sim, mas não ando progredindo muito.

Marquei aquele comentário também para discussão posterior e insisti na causa mais premente de sua dor.

— Não me surpreende que sua dor pela morte de Jason fosse pior que a dor por seus pais. Parece paradoxal, mas com frequência a perda daqueles com quem tínhamos relacionamentos gratificantes é mais fácil do que daqueles com quem tanta coisa era insatisfatória, com quem havia tantas questões em aberto. Após a morte de Jason, seu relacionamento com ele ficou congelado num estado inacabado, que nunca será resolvido. Mas quero insistir para que não seja tão duro consigo mesmo. Jason tinha seus próprios demônios o perseguindo, e o fato de você não ter sido um bom irmão mais velho não foi só culpa sua.

— Você quer dizer que Jason teve algo a ver com isso?

— Com certeza. Ser um bom irmão mais velho requer certa cooperação do irmão mais novo. Estou contente, porém, que você tenha tido aquela última chance com Jason. Parece que realmente você se aproximou dele.

Alvin assentiu com a cabeça.

— Fiz tudo que pude. Foi difícil aproximar-me dele sem nenhuma resposta; senti-me sozinho no enterro.

— Não havia ninguém para compartilhar a dor?

— Apenas uns primos por parte de pai, mas nunca fui íntimo deles. Os pais de minha mãe morreram jovens e eu mal me recordo de minhas tias e meus tios.

Ao ditar minhas anotações após aquela sessão, examinei as questões que havia marcado para discussão futura: o terror da morte manifestado no pesadelo de Alvin, sua expectativa de casamento, seu isolamento autoimposto em relação às pessoas e sua falta de curiosidade sobre aquilo. E aquela estranha "ereção elétrica" ao final do pesadelo com o pássaro preto.

Na sessão seguinte, Alvin falou mais de sua dor pela morte dos pais. Lembrou seu choque quando percebeu que se tornara órfão. Por um tempo, o pensamento de voltar para a Virgínia e assumir o consultório do pai o acalmou, mas ele logo desistiu do plano.

— Viver a vida do meu pai na Virgínia seria como me enterrar. Optei por permanecer na Califórnia, mas minha dor devastou o sono. Foi terrível durante semanas. Assim que eu desligava as luzes, meu coração começava a disparar e eu sabia que não haveria sono naquela noite. Aquilo se repetiu noite após noite.

— Você tentou sedativos?

— Tentei de tudo. Voltei até àqueles antigos como Seconal, hidrato de cloral, Doriden, você sabe. Nada funcionou.

— Como você resolveu? Quanto tempo levou?

— Por fim... — Ele hesitou por um longo tempo e sua fala ficou mais cadenciada. — Acabei desenvolvendo o hábito de me masturbar na cama. Foi a única coisa que funcionou, e desde então tenho me masturbado todas as noites. Isso se tornou minha pílula de dormir.

Alvin corou e pareceu tão constrangido que lhe dei um tempo para se recuperar.

— Vejo quão incômodo é para você falar disso.

— Incômodo é pouco. Eu diria que é um *constrangimento cósmico*. Nunca falei disso com ninguém.

— E quero que saiba que me sinto comovido por sua confiança em mim. Mas, por favor, acho importante dissecar seu constrangimento mais um pouco. Veja bem: constrangimento nunca é um evento solitário. Sempre requer, ao menos, outra pessoa. Neste caso, eu. Acho que provém de sua expectativa de como eu receberia sua revelação e como eu me sentiria a seu respeito.

Alvin assentiu com a cabeça.

— Poderia aprofundar essa sua concordância?

— Não é fácil. Achei que você me acharia estranho, uma criança sugando o polegar de noite, um asqueroso corrompendo sua família. Sim, um asqueroso: é o mais adequado. Que sentiria repulsa e diria: "Não admira que você não saia com mulheres. Está batendo punheta todas as noites."

— Nada disso passou por minha cabeça, Alvin. Não era isso que eu estava pensando. Eu não estava julgando. Estava totalmente concentrado, tentando entender. Minha mente fervilhava de ideias. Pensava em como seu coração disparava quando você desligava as luzes à noite após a morte dos seus pais, e meus pensamentos se voltaram para a ligação entre o sono e a morte. Sei que muitos comentaram que dormir, perder a consciência, é um pouco um antegozo da morte. Você sabia que, na mitologia grega, Tânato e Hipnos (morte e sono) são irmãos gêmeos?

Alvin estava ouvindo atentamente.

— Não, eu não sabia disso. Interessante.

— Seu comentário sobre ser órfão é importante — continuei. — Ouvi muitos outros que perderam seus pais dizerem isso. E sei que tive o mesmo pensamento quando minha mãe morreu, dez anos depois do meu pai. Quando os pais morrem, sempre nos sentimos vulneráveis, porque estamos lidando não apenas com a perda, mas confrontando nossa própria morte. Quando nos tornamos órfãos, não existe ninguém entre nós e o túmulo. Portanto, não me surpreende que a morte de toda a sua família fizesse com que se sentisse exposto e com medo da morte, além de mais vulnerável à ansiedade pela morte.

— Você está dizendo muita coisa aqui. Acha que, depois que desliguei a luz, meu coração começou a disparar porque eu estava sentindo ansiedade pela morte?

— Sim, acho. Lembra a luz diminuindo em seu pesadelo do pássaro preto? A presença das trevas arma o cenário para a percepção de nossa própria morte. E deixe-me dizer certas coisas que estão na minha mente sobre outra parte do enigma, sobre sua excitação sexual.

Eu sabia que estava dizendo coisas demais de uma só vez, mas depois de começar não consegui parar.

— Penso no sexo como o antagonista da morte. O orgasmo não é a centelha primordial da vida? Sei de muitos casos em que sensações sexuais surgem para neutralizar temores da morte. Esse processo protetor, creio, produziu a "ereção elétrica" ao final do pesadelo e explica a masturbação como meio de se acalmar, para afastar a ansiedade da morte e conseguir adormecer.

— Esses são todos pensamentos novos para mim, Irv. Coisa demais para assimilar de uma só vez.

— Não espero que você assimile. É importante que repassemos isso repetidas vezes. No meu campo, é o que chamamos de "elaboração".

Nas sessões seguintes, continuei abordando, de forma direta, suas preocupações com a morte. Fiz uma anamnese detalhada, em que ele relatou todas as suas lembranças antigas da morte. Perguntei, por exemplo, quando compreendeu pela primeira vez a ideia de morte.

Ele pensou por um minuto ou dois.

— Eu tinha uns cinco ou seis anos, acho, quando nosso cão pastor, Max, foi atropelado. Lembro que chorei e corri até o consultório de meu pai, no cômodo da frente de nossa casa. Meu pai agarrou sua bolsa preta, correu para fora e se abaixou para examinar Max, que estava deitado junto ao meio-fio. Meu pai fez um sinal negativo com a cabeça e disse que não havia nada que pudesse fazer. Foi então que percebi que a morte não tinha conserto. Nem para meu pai, que sabia consertar quase tudo. Em outra ocasião, alguns anos depois, talvez na sétima série, minha professora, a sra. Thurston, informou que Ralph, um menino da minha turma (da minha idade, um menino como eu) morrera de poliomielite. Ainda hoje vejo o rosto de Ralph claramente, suas orelhas grandes, cabelos sempre eriçados, olhos castanhos brilhantes cheios de atenção. Mas eis a coisa curiosa: eu não era tão íntimo de Ralph, nunca o via fora da escola. Ele morava longe e sua mãe o levava de carro à escola. Eu ia a pé com diversos outros colegas e brincava com aquelas crianças o tempo todo. No entanto, é o rosto de Ralph que vejo. Não consigo ver os outros.

— Interessante — disse eu. — Creio que o rosto de Ralph permaneça gravado na sua lembrança por estar associado a alguns fortes pensamentos recônditos sobre a morte.

Alvin concordou.

— Difícil negar. Estou certo de que é isso. Na escola dominical, os adultos falavam do céu; lembro que perguntei a papai sobre aquilo. Ele descartou o pensamento; chamou de conto de fadas. Era materialista, como a maioria dos médicos. Sua visão era a de que, quando o cérebro desaparece, a mente desaparece, e com ela toda a consciência e percepção. A morte é um "apagar das luzes". Você concorda?

Assenti com a cabeça.

— Estou com seu pai nisso. Não consigo imaginar uma consciência desencarnada.

Ficamos sentados em silêncio por um tempo. Foi proveitoso; senti-me próximo de Alvin.

— O que a resposta de seu pai significou para você? Diminuiu sua ansiedade em relação à morte?

— Não, não ofereceu nenhum alívio. A ideia de tudo acabar, ou ao menos acabar para mim, era algo que eu não conseguia meter na cabeça.

Alvin e eu elaboramos essas questões por diversas sessões. Nós as analisamos sob diferentes ângulos, observamos outras lembranças confirmadoras e consolidamos nossos ganhos. Gradualmente, porém, a terapia começou a perder ritmo. Sempre acho que a terapia está funcionando bem quando os pacientes correm riscos a cada sessão, mas Alvin não correu novos riscos e não exploramos outros terrenos. Logo, como seria de se esperar, Alvin começou a questionar o que estávamos fazendo.

— Estou intrigado com sua abordagem. Estou perdendo de vista nosso objetivo. Estamos tentando ajudar a eliminar minha ansiedade da morte? Afinal, todos não temos a morte? Você não teme?

— Claro que sim. O medo da morte está entranhado em todos nós. Permite que sobrevivamos. Aqueles sem esse traço arraigado foram eliminados há uma eternidade. Portanto, não estou tentando afastar o medo. Mas, para você, Alvin, esse medo se metamorfoseou em algo maior: um terror que o assola em pesadelos repetidos e se intromete em seu trabalho diário. Estou certo?

— Bem, não exatamente. Percebo que estou mudando um pouco. Talvez eu esteja melhor. Não tenho mais pesadelos. Estou bem no trabalho agora. Raramente volto a pensar em Jason. O que vem a seguir? Será que não chegamos ao fim?

Essa pergunta surge com frequência na terapia quando os sintomas diminuem e os pacientes recuperam seu equilíbrio anterior. Está realmente na hora de parar? Basta afastar os sintomas? Ou deveríamos ir mais longe? Não deveríamos tentar alterar a personalidade e o estilo de vida subjacentes que dão origem a esses sintomas? Tentei ser diplomático ao orientar Alvin a outra busca:

— Em última análise, Alvin, a decisão de se você terminou e está pronto para parar cabe a você. Mas acho que não deveríamos deixar de olhar mais de perto o que o ajudou a melhorar. Se pudermos identificar os fatores auxiliares, poderá recorrer a eles no futuro.

— O que ajudou? Pergunta difícil. Com certeza, algo nas conversas com você ajudou. Mas como? Eu estaria apenas conjeturando. Talvez apenas pôr as coisas para fora, revelar certas coisas pela primeira vez. Com certeza, saber que você estava interessado ajudou. Não tive essa sensação com ninguém desde que meu pai morreu.

— Sim, senti isso. E percebi que você correu certos riscos e aproveitou bem nosso tempo juntos. — Até aqui, tudo bem, pensei. Por isso tentei ir mais longe. — Mas agora acho que estamos prontos para fazer mais. Acho importante explorar por que você organizou sua vida dessa maneira. Você tem boas habilidades sociais, parece à vontade consigo e diz que se beneficia da intimidade comigo. Então, minha pergunta é: por que você se afastou da possibilidade de ter intimidade com os outros? Qual o benefício de viver em tamanho isolamento?

Alvin não gostou do meu questionamento e fez um sinal negativo com a cabeça enquanto eu falava.

— Olha, existe uma sequência do privado ao público. Algumas pessoas são extrovertidas por natureza, outras preferem permanecer isoladas. Suponho que eu esteja no lado privado da sequência. *Gosto* de estar sozinho.

Ali estava ela. No jargão da terapia, a *resistência* entrou em cena. Insisti, embora soubesse que ele faria jogo duro.

— No entanto, poucos minutos atrás, você disse quão reconfortante era falar intimamente comigo e sentir meu interesse por você.

— É verdade, mas não preciso disso o tempo todo.

A hora chegou ao fim e, ao pararmos, Alvin disse:

— Acho que não estamos progredindo.

Ao refletir sobre nossa sessão, estranhei que as coisas tivessem mudado tão rapidamente. Até aquela sessão, Alvin e eu havíamos sido aliados em todos os sentidos, mas agora, subitamente, parecíamos estar em lados opostos. Ao pensar mais sobre o que ocorrera, percebi que a resistência profunda de Alvin não era uma surpresa completa. Eu a vislumbrara quando minhas explorações sobre seus relacionamentos com mulheres nunca iam em frente. Lembrei sua recusa em abordar aquela questão e meu espanto ante sua falta de curiosidade sobre si mesmo. A falta de curiosidade costuma ser um sinal para o terapeuta de que o paciente pode não estar disposto a explorar o assunto mais a fundo. Eu sabia que aquilo não seria fácil.

A luta continuou na sessão seguinte. Sua recusa em examinar seu isolamento social convenceu-me de que havia forças profundas em jogo. Eu vira antes muitos indivíduos isolados, solitários, mas raramente alguém com tamanha competência social e capacidade de intimidade. Estava intrigado. Algo estranho se passava.

— Deixe-me dizer algo, Alvin. Num de nossos primeiros encontros, quando você me contou sua rotina nas 24 horas, senti certa tristeza por você. Parece haver pouco calor ou contato humano em sua vida. Isso às vezes não se enquadra ao Alvin que conheço; não com sua franqueza ou sua capacidade de intimidade. E não se enquadra ao tipo de vida familiar que você teve ao crescer. Sei que houve problemas com seu irmão. Mesmo assim, você descreve seus pais como dedicados e protetores, como modelo de relacionamento amoroso e parceria. Indivíduos com seu tipo de histórico não se isolam dos outros na vida adulta.

— Admito que eu deveria mudar em alguns aspectos. Vou me esforçar para isso.

Continuei tentando avançar.

— No entanto, o tempo permanece fluido. Lembro-me de você dizendo que, dez anos atrás, quando seus pais morreram, sentiu remorso por não o terem visto casado nem conhecido seus netos. Que me diz desses remorsos? E quais são seus remorsos pessoais? Você está vivendo a vida que esperava viver?

— Como digo, vou dar um jeito de fazer mudanças. Mas isso não é prioritário para mim agora. Lembre-se de por que vim vê-lo. Vim por conta de minha ansiedade após a morte de meu irmão. Minha vida social não tem nada a ver com isso.

Apanhei a última flecha de minha aljava.

— Não concordo. Há uma forte relação entre as duas. Vou tentar explicar. Observei repetidamente que o grau de terror da morte experimentado está relacionado ao grau de vida não vivida. E *essa* é a razão por que estou tentando enfocar a qualidade de sua vida agora.

Como se eu tivesse tocado num ponto sensível, Alvin mergulhou numa meditação profunda por um minuto e, em seguida, respondeu:

— Talvez em algum momento posterior. Estou bem agora e não me sinto inclinado a mexer nessas coisas.

Analise a resistência, analise a resistência: eis meu mantra quando deparo com tal impasse. Persisti:

— Durante nossas primeiras horas juntos, fiquei muito impressionado com sua disposição em examinar suas reações à morte de seu irmão e sua coragem em compartilhar aspectos íntimos de sua vida. Tive a sensação de que estávamos interagindo bem juntos. Mas nestas últimas sessões travamos em uma barreira. Você hesita em avançar, mas estou convicto de que sabe que há mais por fazer. É como se você não confiasse mais em mim.

— Não, a última parte não é verdade.

— Então me ajude a entender o que aconteceu. Em que ponto você sente que as coisas mudaram aqui?

— Não é você, Irv, sou eu. Veja... Há certas coisas que não estou preparado para discutir.

— Sei que pareço irritante, mas permita que eu vá um pouco adiante. Deixe-me fazer uma última investigação. Tenho um palpite de que o bloqueio que você está sentindo está relacionado aos seus relacionamentos com mulheres. Antes você havia descrito seus relacionamentos como efêmeros. Pergunto se isso teve a ver com o aspecto sexual desses relacionamentos.

— Não, esse não é o problema.

— Então qual *é* o problema?

Eu sabia que estava exagerando. Estava quase esmurrando meu paciente, mas não conseguia parar. Minha curiosidade estava acesa e assumira uma vida própria. Para minha surpresa, Alvin abriu um pouquinho a porta.

— Conheço um monte de mulheres maravilhosas e a mesma coisa ocorre todas as vezes: saímos, jantamos, o sexo é ótimo, gostamos um do outro... Porém, mais cedo ou mais tarde, após alguns encontros, as mulheres vão à minha casa. E tudo termina.

— Por quê? O que acontece?

— Uma vez que vão à minha casa, nunca mais as vejo.

— Por quê? O que elas veem?

Eu continuava sem pistas e me sentindo estranhamente lento na compreensão.

— Elas ficam contrariadas. Não gostam do que veem. Não gostam do jeito como cuido da minha casa.

Alvin e eu olhamos para o relógio. Havíamos passado alguns minutos do horário. Ele queria sair do consultório e eu tinha um paciente aguardando. Arrisquei.

— Fico contente por você me confiar isso. Vou fazer uma proposta incomum que acho que pode ser importante para sua terapia. Gostaria de realizar a próxima sessão em sua casa. Pode ser daqui a uma semana, às seis da tarde?

Alvin respirou fundo e tentou relaxar.

— Não sei direito. Preciso pensar. Deixe-me refletir mais um pouco e ligarei para você amanhã.

— Tudo bem. Ligue para cá entre sete e dez da manhã.

Aquele era meu horário de escrever, que costumava ser sagrado. Mas aquilo era importante.

Às sete horas e um minuto da manhã seguinte, Alvin ligou:

— Irv, não consigo encarar isso. Passei a noite em claro, não consigo enfrentar sua visita à minha casa e não consigo enfrentar mais noites insones aguardando pela semana que vem. Quero parar a terapia.

Várias coisas passaram por minha mente. Eu tinha experiência suficiente para saber que muitos pacientes requerem várias rodadas de terapia. Elas avançam um pouco, fazem certas mudanças e depois terminam. Depois que a terapia para, consolidam seus ganhos por meses ou anos e, em certo ponto, voltam para uma rodada adicional, com frequência mais abrangente. Qualquer terapeuta maduro reconheceria esse padrão e se controlaria. Mas eu não estava me sentindo particularmente maduro.

— Alvin, estou certo de que você está contrariado prevendo minha reação à sua casa. Talvez sinta vergonha. Talvez se preocupe com meus sentimentos em relação a você.

— Não posso negar que isso faz parte.

— Tenho a sensação de que seu pensamento está dividido. Você mencionou uma parte, a parte esmagada pela vergonha. Mas existe também a parte que quer mudar. É a parte que decidiu me contar sobre a natureza do seu problema, a parte que realmente quer viver de forma diferente. E é essa sua parte que quero contemplar. Você não precisa esperar uma semana. Vamos nos encontrar hoje. Qual a sua agenda esta manhã? Eu poderia ir agora.

— Não, é demais para mim.

— Alvin, você está recusando uma oportunidade de lançar sua vida num rumo diferente, mais satisfatório, e acho que está rejeitando essa opção devido aos seus temores de que eu o julgue. Mas você já viu que esses temores são infundados. Além disso, vou pedir que adote uma perspectiva cósmica: você está deixando que um medo de algum sentimento passageiro em sua mente influencie todo o decorrer de sua única vida. Isso faz sentido?

— Tudo bem, Irv, você venceu. Mas não pode ser agora. Estou indo para o trabalho e minha agenda está cheia hoje.

— A que horas você está livre?

— Aproximadamente às sete da noite.

— Que tal eu ir às sete e meia para uma sessão?

— Tem certeza de que essa é a coisa certa?

— Confie em mim. Tenho certeza.

Pontualmente, às sete e meia, cheguei à sua bela e pequena casa em Sunnyvale, a poucos quilômetros de meu consultório de Palo Alto. A porta da frente estava entreaberta e, colada nela, com fita adesiva, havia um bilhete dizendo: "Entre." Toquei a campainha e entrei. No canto da sala de estar, numa grande poltrona espreguiçadeira, Alvin estava sentado olhando para uma janela. Só consegui ver a parte de trás de sua cabeça. Ele não se virou para mim.

Eu queria ir até ele, mas não sabia como o alcançar. Só conseguia ver poucos espaços, bem pequenos, do chão descoberto. O resto de sua superfície estava coberto por pilhas altas de velhas listas telefônicas (onde conseguira todas elas?), enormes livros de arte, livros de horários de trens, pilhas de jornais amarelados e pilhas de velhos livros de ficção científica. Adoro ficção científica e tive de me controlar para não sentar numa pilha de jornais e começar a folheá-los. Os únicos lugares em que eu conseguia ver o chão de madeira eram trilhas estreitas, com uns 25 centímetros, uma levando à cozinha ao lado, outra à poltrona de Alvin e uma terceira a um grande sofá coberto com mais livros empoeirados e pilhas de velhos raios X e planilhas médicas.

O ano era 1982, e a acumulação ainda não surgira como um tema familiar em psicoterapia ou programas de TV. Eu nunca antes vira ou imaginara algo como o interior da casa de Alvin. Sentindo-me acabrunhado demais para incursionar por outros aposentos, desbravei meu caminho até a poltrona mais perto de Alvin e me sentei, olhando para suas costas.

— Alvin, obrigado por se encontrar comigo aqui — falei em voz alta, com nossas poltronas a 4,5 metros de distância uma da outra. — Foi importante você ter permitido que eu visse sua casa. Sinto agora, mais do que nunca, que precisamos continuar nos encontrando. Sei como é difícil para você e fico grato por permitir que eu entrasse aqui.

Alvin concordou com a cabeça, mas permaneceu em silêncio.

Eu estava sem palavras. Sabia que acabaríamos tentando entender a acumulação, desvendando seu sentido e sua gênese, mas naquele momento era fundamental que examinássemos nosso relacionamento, agora cheio de humilhação e raiva.

— Alvin, sinto muito submetê-lo a isso, mas não tem outro jeito. Temos que enfrentar juntos. Sei que é difícil para você, mas é um grande passo à frente. Precisamos conversar a respeito. Queria saber se tem um lugar onde possamos nos sentar mais perto para conversar.

Alvin negou balançando a cabeça.

— De repente, podíamos dar uma volta pelo quarteirão.

— Não agora, Irv. Isso é tudo que posso fazer hoje. Quero parar.

— Bem, então amanhã. Pode ser na mesma hora, sete e meia, amanhã à noite, no meu consultório?

Alvin concordou.

— A primeira coisa que farei amanhã será ligar para você.

Fiquei sentado mais alguns minutos em silêncio e depois fui embora.

Na manhã seguinte, Alvin ligou. Não fiquei surpreso com suas palavras:

— Irv, sinto muito, mas não dá. Não pense que não reconheço o que você fez, mas não posso me encontrar de novo. Ao menos por enquanto.

— Alvin, sei que forcei a barra, mas olha o que fizemos. Estamos à beira de algo crucial.

— Não. Não agora. Chega. Talvez eu procure você depois. Por enquanto, posso lidar com isso sozinho. Começarei a organizar minha casa.

Fechei a pasta de Alvin. Desde aquela visita à sua casa eu não o vira nem ouvira falar dele até aquele dia anterior, no enterro de Molly. E o que estava fazendo lá? Qual sua ligação com Molly? Lembro que, por algum tempo após nossa última conversa, pensei sobre Alvin e o que teria acontecido com ele. Enquanto percorria os corredores ou estava sentado na cantina do hospital, eu examinava em volta procurando por ele. Lembro também que, após sua última sessão, conversei com um velho amigo íntimo, também terapeuta, para que me ajudasse a enfrentar minha própria decepção por ter lidado tão mal com o caso. Mas agora, após nosso encontro no velório de Molly, tive de pensar melhor. Teria eu lidado mal? Alvin parecia ótimo, tinha dois filhos e uma esposa adorável, que me contou que eu era responsável pelo casamento deles. Como tudo aquilo ocorrera? Devo ter sido mais eficaz do que imaginei. Minha curiosidade outra vez se inflamou.

Encontramo-nos num pequeno café perto do hospital e pegamos uma mesa de canto para maior privacidade.

— Desculpe-me por minha demora em reconhecê-lo — comecei. — Como mencionei, com a idade, meu reconhecimento facial piorou. Mas não ache que não pensei em você, Alvin. Muitas vezes fiquei curioso sobre como você se saiu, especialmente por ter achado que nosso trabalho terminou cedo demais, deixando-o com problemas por analisar. Eu adoraria saber o que aconteceu. Veja bem... Acho que não o reconheci ontem no início porque não esperava vê-lo no enterro de Molly. Como a conheceu?

Um olhar de surpresa apareceu no rosto de Alvin.

— Você não se lembra? Um ou dois dias após nossa última sessão, você ligou dando o nome dela e sugerindo que eu a contratasse para ajudar a pôr minha casa em ordem.

— Poxa, eu tinha me esquecido completamente disso! E você *a* contratou?

Alvin fez um vigoroso sinal de sim.

— Oh, sim! Quer dizer... Ela nunca mencionou meu nome para você?

— Ela não o faria. Tinha seu código de honra e era discreta sobre seus clientes. Mas eu a indiquei a você mais de trinta anos atrás. Você ainda se lembrava dela?

— Não, não foi bem isso. O que aconteceu é que liguei para a Molly imediatamente e ela assumiu o comando. Quer diz, assumiu totalmente. Em poucos dias, minha casa estava mais arrumada do que nunca antes. Ela passou a cuidar de minha casa e minhas contas, meus impostos e *todos* os meus assuntos desde então. Fui seu cliente até sua morte. Muitas vezes contei a Monica quão grato eu era a você. Você revolucionou minha vida, me deu muita coisa. Mas, acima de tudo, você me deu Molly. Todos esses anos, os últimos trinta anos, ela vinha à minha casa uma vez por semana, sem falta, e cuidava de tudo até poucos meses atrás, quando ficou doente demais. Foi a melhor coisa com que topei na vida, exceto Monica e meus dois filhos maravilhosos.

Após nossa conversa, minha mente se agitou com pensamentos sobre a impossibilidade de descobrir como a psicoterapia funciona. Nós, terapeutas, lutamos intensamente pela precisão em nosso trabalho e aspiramos a ser empiristas bem-afinados, tentando oferecer soluções precisas para elementos rompidos no histórico afetivo de nossos pacientes ou em sequências de DNA. No entanto, as realidades de nosso trabalho não se enquadram nesse modelo e, com frequência, vemo-nos improvisando à medida que nós e nossos pacientes tropeçamos juntos na jornada rumo à recuperação. Eu costumava me abater com isso, mas agora, nos meus anos dourados, assobio baixinho para mim enquanto me maravilho com as complexidades e a imprevisibilidade do pensamento e da conduta humana. Agora, em vez de ficar perturbado com a incerteza, percebo que é pura arrogância postular a especificidade. Agora, minha única certeza é a de que, se eu puder criar um ambiente genuíno e compassivo, meus pacientes acharão a ajuda de que precisam, muitas vezes de maneiras que eu jamais poderia prever ou imaginar.

Obrigado, Molly.

CAPÍTULO 5
Não me aprisione

Caro dr. Yalom,

Sou um ex-executivo de 77 anos e um ano atrás me mudei para uma casa de idosos na Geórgia. Um lugar agradável, mas não está dando certo: tenho tido problemas de adaptação graves e persistentes. Tenho frequentado uma terapeuta nos últimos doze meses, mas nosso trabalho recentemente empacou. Poderia me receber numa consulta? Estou disposto a pegar um voo para a Califórnia a qualquer momento.

Rick Evans

Três semanas depois, Rick Evans adentrou confiante meu consultório como se já tivesse estado lá. Parecia como penso que um executivo aposentado deveria parecer: esbelto, atraente, relaxado. Com seu bronzeado de jogador de golfe, sua postura esplêndida, seu nariz e queixo cinzelados, eu podia imaginá-lo na capa do jornal de qualquer sofisticada associação de aposentados. E seus cabelos brancos lisos, bem-repartidos e reluzentes, eram uma maravilha de contemplar. Passei a mão por minha própria calva. Embora não conseguisse captar plenamente seu olhar, gostei de seus olhos plangentes.

Rick não perdeu tempo, falando mesmo enquanto se acomodava em seu assento.

— Aquele seu livro *De frente para o sol: como superar o terror da morte* é forte, bem forte. Especialmente para alguém da minha idade. Aquele livro é a razão de eu estar aqui.

Ele consultou o relógio como que para checar se estávamos começando na hora.

— Deixe-me ir direto ao ponto. Como mencionei em meu e-mail, mudei-me para Fairlawn Oaks um ano atrás. Depois que minha mulher morreu, primeiro tentei permanecer em casa. Tentei por dezoito meses, mas não consegui nem com a ajuda dos empregados domésticos. Muita esquentação de cabeça todas aquelas compras, cozinha, faxina. E era muito solitário. Acabei me mudando. Mas não está funcionando. Não que eu não esteja gostando de Fairlawn Oaks. A casa para idosos é ótima, mas não estou me adaptando.

Fiquei impressionado com tudo que Rick *não* havia feito. Não havia examinado meu consultório (nem por um instante) nem fizera qualquer gesto social de saudação. Havia atravessado o país para me ver e sequer lançara os olhos em minha direção. Talvez estivesse mais ansioso do que parecia. Talvez estivesse totalmente concentrado em sua tarefa, procurando usar com máxima eficiência seu tempo. Eu voltaria a tudo isso mais tarde. Por ora, encorajei-o a continuar sua história.

— Não está se adaptando como?

Ele ignorou minha pergunta contorcendo o punho.

— Vou lhe contar sobre isso. Mas primeiro quero falar sobre a terapeuta com quem venho me consultando há um ano e meio. Ela é uma ótima mulher. Ajudou no meu luto, com certeza. Reergueu-me, renovou-me, colocando-me de volta no ringue, de volta no mundo. Mas agora empacamos. Não quero culpá-la, mas em nossas horas de terapia estamos perdendo tempo e dinheiro, embora ela não cobre preços altos como os seus. Estamos em círculos, cobrindo os mesmos temas repetidamente. Após ler alguns de seus livros, tive a impressão de que uma consulta com você poderia me dar um novo gás.

Mesmo assim ele não olhou para mim. Aquilo parecia estranho, já que ele certamente não era um homem tímido. Apenas ia em frente.

— Ora, sei que os terapeutas são possessivos e sensíveis com esse tipo de coisa, por isso resolvi comunicar minha ideia de forma diplomática. Não me entenda mal; eu não estava pedindo permissão a ela. Eu ia contatá-lo independentemente do que ela dissesse. Acabou que ela foi bem positiva. Gostou da sugestão: "Certo, boa ideia. Contate-o para uma consulta. Eu adoraria isso. A Califórnia fica bem distante, mas haverá melhor uso para seu tempo e dinheiro?" Ela se ofereceu para lhe escrever uma carta descrevendo nosso trabalho terapêutico, mas me senti um pouco irritado e respondi que já era um homem crescido e poderia eu mesmo informá-lo.

— Irritado? Por quê? — Estava na hora de interferir no monólogo.

— Estou velho, mas não indefeso. Consigo descobrir sozinho como contatá-lo.

— Só isso? Isso é digno de irritação? Vá mais fundo.

Senti-me impelido a ser mais confrontador do que de costume.

A cadência de Rick diminuiu. Talvez agora, enfim, tivesse me percebido. Se bem que ainda não tivesse olhado para mim.

— Bem, não sei. Talvez irritado por ela ficar feliz ao pensar que poderia se livrar de mim. Talvez eu *quisesse* que ela fosse um pouco possessiva. Mas entendo sua observação. Sei que meu aborrecimento não é racional, afinal ela e eu estamos usando esta consulta com você para ajudar a continuarmos nosso trabalho juntos. Ela não está tentando se livrar de mim e disse isso. Mas estou me abrindo com você. Foi assim que me senti: aborrecido. Não vou esconder nada hoje. Quero obter um retorno de meu investimento. Veja bem: com seu preço e a passagem aérea, o negócio fica caro.

— Conte-me sobre sua adaptação à casa de idosos.

— Daqui a um minuto. — Outra vez ele me ignorou. — Primeiro quero deixar claro que Fairlawn Oaks é ótimo. Uma organização fantástica. Se eu a administrasse, creio que não mudaria muita coisa. Meus problemas são todos pessoais, reconheço. Fairlawn Oaks é ótimo: as refeições são boas e eles oferecem um monte de atividades sensacionais; o campo de golfe é um pouco sem graça, mas para minha idade está ótimo. Mas eis a questão: o dia inteiro sou tolhido pela contradição. Cada vez que começo a fazer algo, minha mente começa a querer algo diferente. Ora, não cumpro horários, ao menos não os horários de outra pessoa. Não sou assim. Os horários são para os outros. Por que *devo* ir à aula de natação às quatro da tarde todo dia? Ou ir à aula de atualidades às dez da manhã? Por que *preciso* pôr a chave naquela bolsa *toda* vez? E por que preciso fazer as refeições nas mesmas horas todo dia? Não sou assim. Meu verdadeiro eu, o verdadeiro Rick Evans, adora a espontaneidade.

Ele voltou a cabeça na minha direção.

— Você foi direto do curso pré-médico para a faculdade de medicina, certo?

— Certo.

— E depois para a análise, certo?

— Isso.

— Bem, tive nove profissões. — Ele ergueu nove dedos. — Nove! E me dei bem em todas as nove. Comecei como mero aprendiz de tipógrafo; virei tipógrafo; abri uma revista; editei diversas revistas; fui chefe de uma pequena editora de livros; comprei e construí uma série de locais de acolhimento e cuidados para os mentalmente perturbados; dirigi um hospital; fiz curso de orientação psicológica e trabalhei em desenvolvimento organizacional, acredite se quiser; e, por último, fui executivo de duas empresas diferentes.

Ele se reclinou em seu assento parecendo satisfeito. Era minha vez de dizer algo. Eu não tinha nenhum plano específico em mente, mas comecei a responder mesmo assim, esperando que minha musa me guiasse.

— Um monte de caminhos diferentes. Difícil se lembrar de todos eles. Diga-me, Rick... Tudo bem se nos chamarmos pelos prenomes? Pode me chamar de Irv?

Rick assentiu com a cabeça.

— Prefiro.

— Rick, como você se sente agora ao rememorar suas carreiras?

— Olha, pode ter certeza de que nenhuma dessas mudanças foi forçada. Nunca falhei em nenhuma delas. Apenas ficava inquieto após um tempo. Recuso-me a ficar preso a qualquer modo de vida. Exijo mudança. Espontaneidade. Repito: *espontaneidade*. É assim que sou!

— E agora?

— Agora? Bem, eis a questão. A espontaneidade, antes algo bom, antes minha força, minha estrela-guia, agora se transformou num monstro. Olha, eis o quadro: quando parto para alguma atividade, seja condicionamento físico, hidroginástica, atualidades, aulas de ioga, seja o que for, minha mente começa a pensar em alternativas. Ouço minha voz interior perguntando: "Por que *esta* atividade? Por que não *outra*?" Estou preso numa indecisão obstrutiva. E o que acontece? Acabo não realizando nenhuma dessas atividades.

Verifiquei meu próprio fluxo de pensamentos. Enquanto Rick falava, pensei no asno de Buridan, um antigo paradoxo filosófico envolvendo um asno, colocado entre dois fardos de feno com cheiro igualmente agradável, que morre de fome por não conseguir decidir qual deles escolher. Mas não vi nenhuma vantagem em falar isso a Rick. Estaria apenas reagindo ao seu modo desafiador e ostentando minha erudição. Foi então que outro pensamento, mais aceitável e útil para ele, ocorreu.

— Rick, permita que compartilhe algo que acabou de vir à minha mente.

Eu sabia que estava sendo um pouco vago, mas isso às vezes valia a pena, pois os pacientes geralmente gostam quando compartilho algo meu e isso costuma contribuir para mais compartilhamentos.

— Talvez seja do seu interesse. É um episódio que me ocorreu tempos atrás. Escrevi sobre isso em algum lugar, mas não penso nisso há séculos. Um dia, percebi que meus óculos não estavam funcionando bem e fui ver meu oftalmologista, um homem bem mais velho. Após testar minha visão, perguntou minha idade. "Quarenta", respondi. "Quarenta, é?", disse ele, tirando os próprios óculos. Limpou-os bem e falou: "Bem, jovem, você está dentro da previsão. Presbiopia." Lembro que fiquei bem aborrecido e quis perguntar: "Qual previsão? Quem está dentro da previsão? Você ou seus outros pacientes podem estar dentro da previsão, mas não eu! Não eu! Sou diferente."

— Boa história — respondeu Rick. — Li em algum lugar, num dos seus livros. Entendo seu argumento, mas não é *meu* argumento. Já sei a matemática. Estou com 77 anos, e não precisamos perder tempo examinando isso. Não estou mais negando. Não apenas digo a mim mesmo todos os dias que estou com 77 anos, como minha terapeuta de uma nota só vive martelando isso. Minha relutância em confrontar minha idade foi o que dificultou deixar minha casa e me mudar para Fairlawn. Mas fui em frente. Estou falando de algo novo.

Estava claro que compartilhar minha história dos óculos não fora uma boa ideia. Rick não era alguém com quem eu pudesse me abrir e compartilhar associações que surgissem na minha mente. Ele estava mais interessado em concorrer comigo do que em ser ajudado por mim. Decidi ser mais objetivo.

— Rick, antes você disse: "Espontaneidade: é assim que sou."

— Está certo. É meu mantra. É assim que sou.

— *É assim que sou* — repeti. — Se transpusermos essa afirmação, torna-se: "Se eu não for espontâneo, não serei eu mesmo."

— Sim, acho que sim. Soa legal, acho, mas... E daí?

— Bem, esse pensamento tem implicações sombrias. É um primo próximo de dizer para si mesmo: "Se eu não for espontâneo, não existirei."

— Não existirei como *eu*, como a pessoa básica que sou.

— Acredito que seja mais profundo. É como se você acreditasse que sua espontaneidade espanta sua morte.

— Sei que essas afirmações pretendem ajudar, mas não estou entendendo. Você está dizendo que...? — Ele estendeu a mão, com as palmas voltadas para mim e os dedos abertos.

— Estou desconfiado de que, num nível mais profundo, você pode sentir que desistir de sua espontaneidade é arriscado, que aproxima mais a morte. Quero dizer, se olharmos sua situação racionalmente, perguntaremos: "Qual a verdadeira ameaça de fazer certas coisas no horário?" Aos 77 anos, pôr suas chaves num determinado lugar faz sentido. Eu mesmo preciso fazer isso. E faz sentido ir para a educação física ou discutir atualidades em certo horário, porque a existência de um grupo requer uma determinada hora para se reunir.

— Não estou afirmando que meu pensamento seja racional. Admito que não faz sentido.

— Mas *faz* sentido se supusermos que seja acionado por algum temor profundo, não inteiramente consciente. Acredito que estar "dentro da previsão" simboliza, para você, marchar lado a lado com todos os outros rumo à morte.

Fairlawn Oaks está associado em sua mente ao fim da vida, e sua incapacidade (ou melhor, *relutância*) em seguir o programa deve ser uma forma de protesto inconsciente.

— Bem forçado. Soa como se você estivesse exagerando. Só porque não quero entrar na fila, com a toalha na mão, para fazer hidroginástica com todos os outros velhos bobalhões não significa que eu me recuse a aceitar minha mortalidade. Não entro em filas. Não estou disposto a entrar em nenhum tipo de fila.

— Não entra em nenhum tipo de fila por quê? — indaguei.

— Eu designo filas. Não fico nelas.

— Em outras palavras, não entra em filas porque é especial.

— Acertou em cheio. Por isso lhe contei sobre minhas nove carreiras.

— Estender, expandir, atualizar-se: todos esses empreendimentos parecem certos. Parecem apropriados para certo período da vida. Mas talvez não se encaixem neste momento da vida.

— *Você* continua trabalhando.

— Então quais perguntas tem para mim?

— Bem, por que *você* trabalha? Você está realmente em sincronia com *sua* idade?

— Boa pergunta. Vou tentar responder. Todos enfrentamos o envelhecimento de nossa própria maneira. Sei que sou bem velho. Não há como negar que ter oitenta anos é ser velho. Estou trabalhando menos: atendo menos pacientes agora; apenas uns três por dia. Mas continuo escrevendo quase todo o resto do dia. Vou dizer a verdade: adoro o que estou fazendo. Sinto-me afortunado por ajudar os outros, sobretudo quem está enfrentando as questões com que estou lidando: envelhecimento, aposentadoria, a morte de um cônjuge, de amigos ou a própria.

Pela primeira vez Rick não respondeu, mas silenciosamente olhou para o chão.

— Quais são seus sentimentos sobre minha pergunta? — perguntei numa voz mais suave.

— Tenho de admitir: você foi direto ao assunto espinhoso. Morte de amigos, sua própria morte.

— E seus pensamentos sobre a morte? Vêm muito à sua mente?

Rick fez um sinal negativo com a cabeça.

— Não penso nisso. Para quê? Não faria bem nenhum.

— Às vezes pensamentos penetram a mente involuntariamente em devaneios, como os sonhos noturnos.

— Sonhos? Não sonho muito. Fico semanas sem sonhar, mas curiosamente tive dois excepcionais na última noite.

— Conte-me tudo que você lembra.

Peguei meu caderno de anotações. Dois sonhos logo antes de nossa sessão. Tive um palpite de que seriam esclarecedores.

— No primeiro eu estava num pátio de escola com uma enorme cerca de arame em volta...

— Rick, permita que eu interrompa. Você se incomodaria em descrever o sonho no tempo presente, como se estivesse vendo agora?

— Estou no pátio de um colégio, talvez o pátio do meu ginásio, e tem um jogo de beisebol sendo organizado. Olho em volta e vejo que todos ali são bem mais jovens. São todos garotos, adolescentes, de uniforme. Quero jogar, mas me sinto estranho porque sou grande demais. Vejo o professor. Parece familiar, mas não consigo identificá-lo. Começo a me aproximar para perguntar o que fazer e noto outra área do pátio onde diversas pessoas mais velhas, da minha idade, estão organizando outra partida, talvez golfe ou *croquet*; não sei direito. Tento me juntar a eles, mas não consigo passar pela cerca em torno do campo.

— Palpites sobre esse sonho, Rick? Diga tudo que vier à mente.

— Bem, beisebol eu adorava jogar quando era jovem. Meu esporte favorito. Eu era bom. Posição defensiva com um arremesso sensacional. Poderia ter jogado no beisebol universitário, talvez até profissional, mas tive de trabalhar. Meus pais não tinham dinheiro.

— Continue. Diga-me mais sobre o sonho.

— Bem, os rapazes estavam jogando e eu queria jogar. Mas não sou mais um rapaz.

— Sentimentos sobre isso? Ou outros sentimentos que teve naquele sonho?

— Sim, minha terapeuta nunca deixa de fazer esta pergunta. Não recordo quaisquer sentimentos. Mas me deixe tentar... Fiquei *contente* quando vi o jogo; é isso. Depois certa *dor* e *perplexidade* quando vi que não poderia jogar. Mas, se você quer sentimentos, o outro sonho na noite passada teve alguns mais fortes. De irritação e frustração. Naquele sonho eu estava... Estou no banheiro olhando para mim no espelho, mas está tudo borrado, como se o espelho estivesse embaçado. Estou com um frasco de limpador em *spray*, tento extrair até o último borrifo e fico esfregando e limpando o espelho, mas ele continua sujo.

— Não é estranho que você não tenha sonhado durante meses antes...

— Eu disse *semanas*.

— Desculpe, você não sonhou durante semanas e, na noite passada, exatamente a noite antes de nos encontrarmos, teve esses dois sonhos fortes. É como se tivesse sonhado para nossa sessão hoje, como se seu inconsciente estivesse enviando algumas pistas sobre o mistério.

— Meu Deus, vocês pensam de uma forma... Meu inconsciente mandando mensagens misteriosas ao meu consciente para meu analista decodificar. Balela!

— Bem, vamos examinar isso juntos. Pense no problema principal que você está trazendo, de que não consegue se ajustar à sua comunidade, de que está tolhido por outros desejos. De que acaba congelado, sem fazer nada. Certo?

— Certo, concordo com você.

— Com certeza o primeiro sonho fala disso. Lembre-se de que os sonhos são quase inteiramente visuais e transmitem significados apenas por imagens visuais. Portanto, veja o quadro que seu sonho oferece de seu dilema na vida. Você quer jogar beisebol, o jogo que adorava quando menino, para o qual tinha grande talento, mas não pode entrar no jogo por conta de sua idade. Tem outro jogo lá para o pessoal da sua idade, mas você não pode entrar porque não consegue passar pela cerca ao redor do campo. Assim, você é velho demais para um jogo e uma cerca o impede de participar do outro. Certo?

— Certo. Sim, vejo seu argumento. Bem, talvez o sonho *esteja* dizendo que não sei minha idade. Está dizendo que sou tolo ao achar que sou jovem para jogar a partida de beisebol. Não é meu lugar.

— E o outro jogo?

— Atrás da cerca? Essa parte não está clara.

— Ainda vê a cerca em sua imaginação?

— Sim.

— Continue olhando para ela e deixe que pensamentos sobre essa cerca entrem em sua mente.

— A velha cerca de arame. Costumava olhar através delas quando era garoto, observando os meninos mais velhos jogando bola. Tínhamos um time numa liga secundária em nossa cidade e havia uma pequena fenda na cerca no meio campo onde costumávamos espiar os jogos antes de sermos enxotados. Cerca normal; vejo por toda parte.

— Se essa cerca pudesse falar com você, o que diria?

— Um pouco da técnica Fritz Perls, certo? Lembro-me disso do meu curso de orientador.

— Você está certo. Fritz sabia um pouco sobre sonhos. Continue. O que a cerca poderia dizer?

— Uau, uma coisa muito doida!

— O quê?

— Bem, ouço uma melodia tocando na minha mente bem agora. "Don't Fence Me In".[4] Conhece essa canção?

— Acho que me lembro um pouco dela.

— Eis o fato. Semana passada essa melodia invadiu minha mente por horas e eu não conseguia me livrar dela. Não parava de tocar, como música ambiente. Tentei lembrar a letra mas não consegui; fui ao YouTube e achei um vídeo de Roy Rogers montado em seu cavalo Trigger cantando essa canção. Letra espe-

---

[4] "Não me aprisione", canção de 1934 de Cole Porter e Robert Fletcher. (N. do T.)

tacular! Depois, quando vi um anúncio no computador para obter a melodia como tom de chamada do meu celular, fiquei tentado a encomendá-la e cliquei. Cancelei quando percebi que iam cobrar uma taxa mensal absurda.

— Consegue lembrar a letra?

— Com certeza.

Rick fechou os olhos e cantou suavemente:

— *Oh, dê-me terra, muita terra embaixo de um céu estrelado,*
Não me aprisione
Deixe-me percorrer a vastidão do país que amo,
Não me aprisione
Deixe-me ser eu mesmo na brisa do entardecer,
E ouvir o murmúrio das árvores nativas,
Mande-me embora para sempre, mas eu peço, por favor,
Não me aprisione.

— Ótimo, Rick. Obrigado. Muito sentimento em sua interpretação. Essa letra fala sobre o drama de sua vida. E me divirto ao pensar em você com um tom de chamada com essa melodia. Será que ajudaria?

— Com certeza manteria meu drama em primeiro plano. Nenhuma pista sobre a solução, porém.

— Vejamos o outro sonho, o espelho que você fica limpando. E os últimos borrifos do limpador em *spray*? Alguma pista?

Rick exibiu um grande sorriso.

— Você está me obrigando a fazer todo o trabalho.

— É seu sonho; você é o cara, o único que pode fazê-lo.

— Bem, minha imagem no espelho está borrada. Sei o que você vai dizer.

— O quê?

Ergui meu queixo.

— Vai dizer que não me conheço, que minha própria imagem está borrada para mim.

— Sim, provavelmente é o que eu *diria*. E os últimos borrifos?

— Nenhum mistério aqui. Tenho 77 anos.

— Exatamente. Você está tentando focalizar a si mesmo, mas não consegue deixar a imagem mais nítida. Está ficando tarde. Estou impressionado com seu esforço em percorrer toda essa distância para me ver. Parece que há um desejo poderoso dentro de você de se conhecer, de aumentar seu foco. Admiro isso.

Rick olhou para cima e, enfim, captou meu olhar.

— Qual foi a sensação *disso*? — eu quis saber.

— A sensação de quê?

— Do que você acabou de fazer. Olhar para mim. Olhar para meus olhos.

— Não entendo aonde você quer chegar.

— Parece que esta foi a primeira vez que você realmente olhou para mim, a primeira vez em que realmente entramos em contato.

— Nunca pensei em terapia como um evento social. De onde está vindo isso?

— Foi aquela afirmação que você fez antes: "Eu estava terrivelmente solitário." Eu me perguntava quão solitário você se sentia nesta sala comigo.

— Não penso nisso. Mas admito que você tem razão. Existem pessoas à minha volta, mas eu não me comunico.

— Eu poderia entender mais se você contasse um dia seu. Escolha um dia normal da semana passada.

— Bem, tomo café...

— A que horas você acorda?

— Umas seis.

— E seu sono à noite?

— Provavelmente seis a sete horas. Vou para a cama em torno das onze e leio até adormecer, em torno das onze e meia ou quinze para meia-noite. Levanto para urinar umas duas ou três vezes

— E você mencionou que não sonha com frequência.

— Raramente me lembro dos sonhos. Minha terapeuta fica no meu pé por causa disso. Diz que todo mundo sonha todas as noites.

— E o café da manhã?

— Chego ao refeitório cedo. Gosto disso porque posso me sentar sozinho e ler o jornal durante o café. O resto do dia você já conhece. Eu me atormento sobre fazer ou não as atividades. Se está sol, faço uma caminhada sozinho por pelo menos uma hora. Com frequência almoço no meu quarto sozinho. Mas no jantar não dá para sentar sozinho; é a hora em que tenho um pouco de vida social.

— À noite?

— Televisão ou, às vezes, um filme em Fairlawn. Quase todas as noites sozinho.

— Conte-me sobre as principais pessoas em sua vida neste momento.

— Passo bem mais tempo evitando as pessoas do que as encontrando. Vejo um monte de mulheres sozinhas, mas é estranho. Se sou muito simpático com uma, ela virá atrás de mim em todas as refeições e todas as atividades. Se nos envolvemos com uma, não há chance de sair com outra sem ter problemas.

— E as pessoas que você conhecia antes de ir para a casa de idosos?

— Tenho um filho. É banqueiro, mora em Londres e telefona, ultimamente via Skype, toda manhã de domingo. Bom rapaz. Dois netos: um menino e uma menina. E só. Perdi o contato com todas as outras pessoas de minha vida anterior. Minha mulher e eu tínhamos uma vida social animada, mas ela era o centro. Ela organizava tudo; eu só acompanhava.

— É curioso, não acha? Você diz que é solitário, mas tem ótimas habilidades sociais e está cercado de pessoas que tenta evitar.

— Não faz sentido, eu sei. Mas não sei direito qual a relação disso com meu problema sobre espontaneidade e indecisão.

— Talvez haja mais de um problema. Talvez, à medida que avançarmos, alguma conexão surja. O que me impressiona é seu forte foco nas tarefas e sua negligência com os relacionamentos. Sua descrição de seu dilema sobre as atividades em Fairlawn envolve apenas a natureza da atividade, sem nenhuma menção a outras pessoas. Quem estará presente? Quem está orientando a atividade? Com quem você gostaria de estar? Tivemos uma pequena amostra disso aqui hoje, quando você se fixou apenas em ser eficiente, mas não buscou nenhum encontro real comigo. Em momento algum indagou sobre quem eu era ou o que tinha a oferecer. Até que eu o convidasse a fazer perguntas, você não expressou nenhum interesse por mim.

— Eu disse que li seu livro e que já fui apresentado a você lá.

— Certo. Mas seu relacionamento comigo era privado e me excluía.

— Isso parece tolo. Estou aqui para obter algo de você. Estou pagando por seus serviços. Provavelmente nunca voltarei a vê-lo. De que adiantam as convenções sociais?

— Você antes mencionou seu treinamento como orientador, certo?

— Sim, um curso de dois anos.

— Você recorda que a entrevista, como a nossa hoje, consiste em processo e conteúdo? O conteúdo é óbvio: são as informações trocadas. O *processo*, ou seja, o relacionamento entre entrevistador e entrevistado, fornece informações ainda mais relevantes, ao proporcionar um vislumbre do comportamento do cliente com os outros. É importante porque a situação da entrevista é um microcosmo da conduta do cliente com outras pessoas. Portanto, é *isso* que estou notando. Por isso estou comentando sobre a ausência de contato entre nós até aquele momento em que você captou meu olhar.

— Então você está dizendo que meu comportamento aqui informa sobre meu comportamento com os outros.

Concordei com a cabeça.

— Às vezes acho que os analistas dão importância demais aos relacionamentos. Há outras coisas no mundo. Não estou doido por conhecer outras pessoas. Estou me saindo bem sem elas. Alguns sujeitos preferem a solidão.

— Você está certo. *Parto* do pressuposto de que os relacionamentos são fundamentais. Acredito que estamos entranhados neles e que nos saímos melhor na presença de um relacionamento íntimo revigorante. Como aquele longo, bom e amoroso que você teve com sua esposa.

— Bem, isso acabou. Sinceramente, não tenho energia para começar de novo.

— Ou talvez você não queira mais enfrentar esse tipo de perda e dor de novo. Sem relacionamentos não há dor.

Rick concordou com a cabeça.

— Sim, pensei nisso.

— Você acaba se protegendo, mas o custo é alto. Você se isola de muita coisa. Deixe-me repetir: mesmo seu impasse sobre "qual atividade?" poderia perder a força se você incluísse "quais pessoas?" na equação.

— Nunca penso nisso. Você pode ter razão, mas acho que minimizou minha preocupação original, minha devoção à *espontaneidade*. Você a está descartando?

— Não, tenho pensado nela o tempo todo que estamos conversando. Pessoalmente, valorizo a espontaneidade. Dependo dela ao escrever. Valorizo ser atraído por algo inesperado e partir em direções imprevisíveis. Na verdade, adoro isso. Mas creio que muito de sua conduta não seja agora impelido pela espontaneidade, ou seja, atraído por algo fora de você. Você não está sendo atraído, e sim impelido por uma força interna que tenta escapar do medo ou do perigo.

— Poderia traduzir isso em linguagem mais simples?

— Vou tentar. Deixe-me colocar nestes termos: acredito que haja uma sensação de grande perigo dentro de você corrompendo sua espontaneidade natural. Você disse a si mesmo que sua espontaneidade se transformou num monstro, que não está sendo atraído por um objetivo. Pelo contrário, suas ações parecem voltadas para repelir algum perigo interno.

— Qual perigo interno?

— Temo só estar me repetindo, mas não sei de que outra forma dizer. O perigo é a mortalidade, o perigo confrontando todos nós. Está em como você lida com o conhecimento de que, se sua mulher morre, você também morrerá. A casa de idosos, mais encantadora, é também um presságio. Você o experimenta como uma armadilha, um ponto final, uma prisão o confinando e não quer aceitar nenhum de seus horários.

Observei-o fazendo um sinal negativo com a cabeça, ainda que discreto.

— Nunca pensei nele como uma prisão. É muito bem administrado e posso partir no momento que quiser.

Eu sabia que não estava chegando aonde queria. Olhei para meu relógio.

— Falando em horários, Rick, estamos diante de um hoje e temo que nosso tempo juntos esteja se esgotando. Sei que você ficou perplexo, mas poderia pensar em tudo que eu disse e me contatar depois, por e-mail, informando se algo disso faz sentido para você? Minha esperança é que nossa sessão lhe forneça material para pensar e acabe com o impasse de sua terapia.

— Vou pensar nisso direitinho. Está um pouco confuso agora. Mas vou refletir e escreverei. Você estaria disponível para outra sessão, digamos, daqui a alguns meses, caso eu queira repetir esse rumo?

— Se eu estiver aqui, ficarei contente em vê-lo novamente.

Eu estava cansado quando Rick partiu. A sessão havia sido uma peleja, uma luta. Ao pensar a respeito, jamais abordei explicitamente o paradoxo de ele ter feito tamanho esforço para me ver mas resistir a quase tudo que lhe ofereci. Tudo que posso fazer numa sessão é ser real, saltar para dentro da vida do paciente, oferecer observações na esperança de que ele seja capaz de abrir portas e explorar algumas partes novas de si na terapia em andamento. Eu esperava ouvir notícias dele, mas não houve nenhuma palavra por um longo tempo. Quatro meses depois, chegou um e-mail indicando que a terapia de Rick havia de fato sido catalisada, mas de uma forma inesperada.

Oi, dr. Y.

Estou melhor. Você me ajudou e chegou a hora de agradecer. Desde minha volta, minha terapeuta tem enfocado plenamente minha competitividade e por que eu não consegui (ou não quis) admitir que você teve bons vislumbres durante nossa sessão. Ela está certa e tenho relutado em reconhecer. Por isso, quero confessar uma coisa. Quando você disse que eu via Fairlawn Oaks como uma prisão, tinha toda a razão. E eu sabia mesmo quando estava com você, mas me recusei a admitir. Lembra que contei quão fascinado fiquei por aquela canção?

Bem, o que eu podia ter contado mas não contei é que cantei a letra da segunda estrofe de "Don't Fence Me In". Não mencionei os versos da primeira estrofe. Aqui estão:

O Indomável Kelly, muito pálido
Estava de pé ao lado do xerife
E quando aquele xerife disse: "Estou mandando você para a prisão",
O Indomável levantou sua cabeça e bradou:
Oh, dê-me terra, muita terra embaixo de um céu estrelado,
Não me aprisione...

— Obrigado, Rick

CAPÍTULO 6

Mostre alguma classe a seus filhos

Como não pude parar para a Morte,
Ela gentilmente parou para mim.

Esses versos de abertura de um poema de Emily Dickinson vieram à minha mente quando me telefonaram informando que Astrid havia morrido de aneurisma. Astrid morta? Impossível. Uma força vital irrefreável, Astrid havia se livrado de uma tragédia após a outra. Uma energia tão estrepitosa e ilimitada agora imóvel para sempre? Eu não conseguia pôr esse pensamento em minha mente.

Fui supervisor e terapeuta de Astrid por mais de dez anos, tempo durante o qual nos aproximamos. Quando sua família anunciou por e-mail que uma "celebração de vida" para Astrid seria realizada duas semanas depois num centro comunitário local, reservei imediatamente um espaço na agenda. No dia designado, pus terno e gravata — algo raro para mim, um típico californiano — e apareci pontualmente ao meio-dia. Junto com duzentos outros convidados, fui recebido com champanhe e canapés. Nenhuma flor. Nada preto. Nada de lágrimas ou rostos tristes. Nenhum terno ou gravata à vista, fora os meus. Logo uma criancinha, provavelmente um dos netos de Astrid, caminhou pela multidão, megafone na mão, e anunciou:

— Por favor, tomem seus assentos. A cerimônia vai começar.

Vimos então um vídeo refinado, de quarenta minutos, celebrando a vida de Astrid. Levou-nos ininterruptamente por imagens de sua vida. Primeiro, quando criança nos braços do pai, arrancando-lhe os óculos e agitando-

-os alegremente. Depois, em rápida sucessão, vimos os primeiros passos de Astrid rumo aos braços estendidos da mãe, Astrid brincando de cabra-cega, Astrid adolescente surfando em Sunset Beach no Havaí, Astrid se formando em Vassar, Astrid vestida de noiva em seu casamento mais recente (ela se casou três vezes), várias cenas de Astrid grávida sorrindo radiante, Astrid brincando com seus filhos e depois o final emocionante que me levou às lágrimas: Astrid dançando alegremente com seu neto de seis anos na noite anterior à sua repentina morte. Quando o vídeo terminou, ficamos sentados em silêncio no escuro. Lamentei quando as luzes se acenderam, porque ninguém sabia o que fazer. Uma alma corajosa e confiante bateu palmas, e logo a maior parte do público aderiu. Vi-me desejoso de um ritual religioso tradicional, algo raro para mim. Senti falta do ritual familiar e da sequência ordeira de eventos liderados por clérigos e rabinos. O que se espera que façamos num funeral que começa com champanhe e canapés e no qual não há lugar para o pranto?

Após uma breve discussão, seus três filhos e cinco de seus netos marcharam juntos até o microfone e, um de cada vez, mostrando um notável equilíbrio, compartilharam lembranças de Astrid. Todos estavam bem preparados e falaram com comoção, mas fiquei mais fascinado por uma neta de oito anos que descreveu como vovó Astrid costumava convidá-los a brincar aparecendo silenciosamente atrás deles e sacudindo uma caixa de quebra-cabeças ou peças de Lego.

Como aquela era uma celebração da vida, e não um funeral, não me surpreendeu que não se fizesse nenhuma menção ao seu quarto filho, Julian, morto por um raio num campo de golfe aos dezesseis anos. Astrid e eu havíamos dedicado mais de um ano de terapia para lidar com sua morte.

Na sequência, muitos dos amigos de Astrid espontaneamente se levantaram para pegar o microfone e compartilhar suas lembranças. Após duas horas, o silêncio reinou por uns momentos e esperei que alguém sinalizasse o fim do evento. Em vez disso, para minha surpresa, o terceiro e último marido de Astrid, Wally, ergueu-se para se dirigir aos enlutados celebrantes. Fiquei pasmo com sua serenidade. Tentei me imaginar falando em tal ocasião poucas semanas após a morte de minha esposa e sabia que não seria capaz. Não conseguiria erguer minha cabeça para o mundo. Examinei Wally de perto. Durante anos ouvi a versão de Astrid sobre ele e enfrentava agora a estranha tarefa de sobrepor o Wally em carne e osso à imagem que Astrid havia fornecido. Cada vez que eu encontrava o cônjuge de um paciente, surpreendia-me. Quase sempre, exclamava para mim mesmo: *será possível que esta é a mesma pessoa sobre quem ouvi falar por tantas horas!?*

Para a minha surpresa, Wally era um homem imponente e bem mais alto, mais bonito e mais agradável do que eu esperava. E bem mais presente. Astrid muitas vezes o retratara como ausente, como um homem que, mesmo na casa dos setenta, estava apegado ao trabalho e ao escritório, ao qual sempre chegava às seis da manhã para se preparar para a abertura do mercado de ações. E ausente também nos fins de semana, quando velejava ou consertava sua corveta de oito metros. Astrid me contou que nunca pôs os pés nela. Lembrei que rimos junto quando ela me contou que ficava enjoada só de ver um barco e respondi que fico enjoado só de olhar para a foto de um.

— Obrigado a todos por terem vindo dizer adeus à nossa Astrid — começou Wally. — Sei que há muitos terapeutas colegas dela aqui. Como vocês todos sabem, ela nunca se cansou de ensinar. Assim, estou certo de que vocês gostarão se eu transmitir um pouco de seu legado, sua arma secreta contra a ansiedade: sanduíches de saladas de ovos.

Tive um calafrio. *Oh, não! Não faça isso, Wally. A querida Astrid morreu faz apenas dez dias e você nos impõe uma imitação de Jay Leno.*[5]

— Quando Astrid era criança e se aborrecia com algo (colégio, discussões com amigas, problemas com namorados, seja o que for), sua mãe sempre a acalmava com um sanduíche de salada de ovos — continuou Wally, despudorado. — Apenas ovos picados, maionese, aipo e um pouco de pimentão num pão de forma torrado. Nada de alface. Astrid chamava aquilo de seu Valium e afirmava

---

[5] Comediante, ator e apresentador de TV americano. (N. do T.)

que tinha quatro vezes e meia o poder de uma canja. Sempre que eu chegava em casa tarde de noite, ela saía da garagem e passava pela cozinha, dava uma olhada na pia e, se encontrasse cascas de ovo, eu podia me preparar para ouvir.

Olhei em volta: rostos sorridentes. Todos, menos eu, foram envolvidos pelas tentativas de humor de Wally. Por um momento, senti-me sozinho, como se fosse o único a levar aquilo a sério. Então, lembrei-me de que eu não era o forasteiro, eu era o *íntimo*, aquele que realmente conhecera Astrid.

No decorrer do evento, eu havia vacilado em meus sentimentos. De início, enquanto os oradores descreviam seu contato especial e suas histórias sobre Astrid, eu me sentira orgulhoso por meu lugar privilegiado em sua vida. Afinal, não era eu aquele que tinha a verdade íntima, aquele que conhecera a Astrid *real*, a autêntica Astrid? Mas, com o passar do tempo e ao ouvir um orador após o outro, hesitei. Talvez minha crença num lugar privilegiado em sua vida fosse ilusória. De fato, ela e eu havíamos compartilhado aquela hora semanal especial por tantos anos. E tive acesso a coisas reais: o conhecimento especial de seus temores, paixões, conversas interiores, fantasias e sonhos. Mas seria aquilo mais real, mais verdadeiro, mais privilegiado do que conhecer o que a fazia sorrir? De quais pessoas ela gostava mais? O que ela gostava de comer, seus filmes favoritos, livros, lojas, posturas de ioga, músicas, revistas, jogos, tira-gostos e séries de TV? As piadinhas íntimas com o marido e os amigos, os segredos sexuais conhecidos apenas por amantes? Fiquei em dúvida se a conhecia melhor do que seu neto que ouvia seus passos enquanto ela se esgueirava atrás do sofá sacudindo peças de Lego ou quebra-cabeça. Acho que foi aquele neto que me colocou no meu devido lugar e deixou claro que, conquanto eu soubesse algumas partes, havia muita coisa de Astrid que eu nunca soube.

Eu havia conhecido Astrid dez anos antes, quando ela me pediu que supervisionasse seu trabalho com diversos pacientes. Ela tinha cinquenta anos e, embora atuasse como terapeuta houvesse muito tempo, sempre procurou aperfeiçoar suas habilidades. Foi uma aluna maravilhosa: astuta, empática e inteligente. Nos dois anos seguintes, encontrávamo-nos por uma hora a cada quinze dias. A supervisão foi excelente. Conheci poucos alunos com instintos clínicos tão maravilhosos. Mas, no fim de nosso segundo ano, as coisas mudaram entre nós quando ela começou a discutir seu trabalho com um de seus pacientes, um jovem chamado Roy, alcoólatra desorganizado com quem ela, de forma atípica, se envolveu excessivamente. Ela lhe deu o telefone de casa e recebia chamadas a qualquer hora do dia ou da noite, pensava nele mesmo enquanto atendia outros pacientes e lhe emprestou milhares de dólares que sabia que nunca mais veria. Quando um terapeuta passa a nutrir sentimentos fortes e irracionais em relação a um paciente — *contratransferência*, no jargão profissional —, muitas vezes é necessário mudar sua supervisão.

Não havia mistério sobre a origem dos seus sentimentos poderosos em relação a Roy. Astrid tivera um irmão, Martin, seis anos mais velho. Ele fora seu protetor durante e após a morte da mãe, vítima de um câncer de mama, quando Astrid era adolescente. Martin havia protegido Astrid de seu pai agressivo. Ela se lembrava do dia em que, no trajeto entre o cemitério e sua casa, o irmão aproximou-se dela e sussurrou em seus ouvidos: "Pelo resto de sua vida, Astrid, conte comigo. Estarei sempre com você."

Martin cumpriu a palavra até se alistar para fuzileiro naval e servir na Guerra do Golfo, em 1991, da qual retornou com síndrome da Guerra do Golfo e viciado em várias drogas. Ainda que Astrid fizesse o possível para proteger o irmão, o vício falou mais alto e ele sofreu uma overdose fatal em 2005. Astrid nunca se perdoou por não salvar Martin. Seu envolvimento exagerado com o jovem Roy era uma forma inconsciente de tentar salvar o irmão.

Dois anos após a morte de Martin, o raio que atingiu seu filho de dezesseis anos destroçou outra vez a ilusão de que ela poderia proteger a si e aos outros. O luto após a morte de uma criança é sempre o pior. Trata-se, nas palavras de Yeats, da "tragédia levada ao paroxismo", e quase sempre não há nada a fazer de imediato. As lágrimas de Astrid fluíam sem cessar durante nossas sessões, duas vezes por semana, nos doze meses seguintes. Aos poucos ela foi reagindo, voltou a exibir sua contagiosa alegria de viver e retornamos à nossa sessão semanal, que logo foi alterada para um formato em que alternávamos entre supervisão e terapia. Por fim, Astrid recuperou tanto sua autoestima que cogitei uma alta, algo que nunca aconteceu. Ela se consolava com minha presença e pedia, em intervalos de algumas semanas, uma sessão supervisora.

Um ano atrás, num fim de semana, Astrid deixou um recado em minha secretária eletrônica contando que caíra de bicicleta e sofrera apenas um pequeno ferimento, mas que agora as contusões estavam aumentando muito. Não conseguiu falar com seu médico e perguntou se deveria ir a uma emergência. Liguei de volta informando que ela poderia ter problemas com a coagulação do sangue e, portanto, deveria ir ao hospital o quanto antes.

Sem notícias dela nos dias seguintes, deixei várias mensagens perguntando sobre sua ida à emergência. Recebi uma ligação de seu filho, que contou que a mãe estava na UTI com diagnóstico de doença autoimune do fígado. Eu nada sabia sobre a enfermidade; não havia sido descrita quando estudei medicina há cinquenta anos. Mas uma rápida pesquisa da literatura médica me fez perceber que era grave, muitas vezes fatal, e que um transplante de fígado era a melhor chance de sobrevivência. Duas semanas depois recebi um telefonema de seu filho informando que a condição de sua mãe havia piorado muito. Estava com icterícia e falência aguda do fígado. Mais alguns dias, ele novamente entrou em contato, desta vez com ótimas notícias: o hospital havia localizado um doador, ela fizera o transplante e, embora ainda grave, seu estado era estável.

Após três semanas, tive uma breve conversa telefônica com Astrid, que contou que estava ficando mais forte e logo teria alta. Tivemos algumas sessões na casa dela, mas em pouco tempo ela estava forte o suficiente para ir ao meu consultório.

— Ao inferno e de volta — ela me contou. — Foi o período mais horrível, assustador e angustiante em minha vida. E, como você sabe, tive vários. Durante dias no hospital não consegui parar de tremer e chorar. Estava certa de que morreria. Não consegui falar com você nem com ninguém. De uma hora para outra, melhorei.

— Como você conseguiu? Houve um ponto de virada específico?

— Bem específico. Uma conversa com uma enfermeira. Uma enfermeira chefe durona, sensata, de bom coração. Foi antes da visita dos meus filhos. Estive à beira da morte por vários dias; tinha pavor de morrer; não conseguia parar de tremer e soluçar. Foi então que, antes de minha família entrar no quarto, ela se aproximou e sussurrou no meu ouvido: "Mostre alguma classe a seus filhos." Aquilo mudou tudo.

— Conte-me como.

— Não sei direito, mas foi ultrapoderoso, conseguiu me tirar de dentro de mim. Até então eu não conseguia parar de me apavorar. Estive perto da morte muitas vezes; não conseguia conversar nem ligar para você para uma sessão por telefone. Tudo que fazia era chorar. Aquela afirmação "Mostre alguma classe a seus filhos" me fez pensar de novo em algo diferente de mim e enxergar que eu ainda podia fazer algo por minha família, dar um exemplo para ela. Aquela enfermeira foi fundamental.

Astrid recebeu alta do hospital, gradualmente retomou sua vida e logo voltou a atender seus pacientes. Mas sua fuga da morte durou pouco tempo. Alguns meses depois, ela despencou da cadeira no salão de beleza e morreu instantaneamente: um aneurisma se rompera em seu cérebro. Tudo isso passou por minha mente enquanto eu saía do velório com os demais celebrantes. Todo aquele drama, aquela vida dura, aquele esforço corajoso: superar a dor da perda da mãe, libertar-se do pai, sobreviver à morte do irmão e, acima de tudo, à morte do filho. Ela analisara muitas situações embaraçosas de seus próprios pacientes e de sua própria terapia comigo, sobrevivera à doença do fígado graças a um transplante de um homem morto num acidente de motocicleta. De repente, todo esse notável drama se extinguiu num instante devido a uma pequena artéria rompida em seu cérebro: seu extraordinário universo do eu, aquele tesouro esplendoroso de dados sensoriais, suas lembranças abundantes de toda uma vida; toda aquela dor, aquela coragem, aquela luta e transcendência, aquele exército de cirurgiões e enfermeiras no transplante; aquele terror, aquele lamento, aquelas recuperações fabulosas. E para quê? Para quê?

Eu deixara a celebração e estava me aproximando do meu carro, a meio quarteirão de distância, quando um tapinha em meu ombro me tirou de um devaneio. Virei-me e vi um rosto desconhecido: uma mulher de ar melancólico, na casa dos cinquenta anos, de cabelos amarelos, longos e finos, e com um vestido preto simples e desalinhado. Ela hesitou, apreensiva em falar:

— Desculpe, mas o senhor é Irvin Yalom?

Assenti com a cabeça e ela continuou:

— Reconheci-o da foto de capa de seu livro.

Desejoso de continuar em meu devaneio com Astrid, relutei em travar conversa. Apenas sorri e acenei com a cabeça.

— Astrid me deu um exemplar do seu livro. Sou Justine Casey, fui uma das enfermeiras de Astrid na ala cirúrgica. Bem... Eu queria saber se o senhor ainda está aceitando pacientes.

Ainda aceitando pacientes? Faz muitos anos, ao menos dez ou quinze, talvez mais, que ninguém mais pergunta apenas se estou aceitando pacientes. É invariável. "Você *ainda* aceita pacientes?" Um daqueles eternos, desnecessários e agora ligeiramente irritantes lembretes de minha idade avançada. Respondi que seria um prazer recebê-la, dei meu cartão e pedi que ligasse para marcar uma consulta. Enquanto a observei se afastar, imaginei se seria aquela a enfermeira sobre quem Astrid falara. Teria sido ela quem sussurrou ao seu ouvido: "Mostre alguma classe a seus filhos"?

Quando Justine adentrou meu consultório dias depois, fiquei impressionado com quão pouco generosa a natureza fora com ela. Suas proporções estavam erradas: seu rosto rígido e espremido era pequeno demais para sua cabeça grande, e sua redondez era incongruente com sua postura empertigada de enfermeira chefe. Ela me trouxe à mente a gélida e austera *miss* Markum, a enfermeira chefe de minha ala hospitalar quando fui residente no Johns Hopkins, mais de meio século atrás. Sorria para mim mesmo ante as palavras "minha ala hospitalar". De todo modo, era a ala de *miss* Markum. Ah, as eternas lutas médico-enfermeira! Rapidamente apagando o passado de minha mente, fiquei sentado em silêncio com Justine por uns momentos enquanto ela virava a cabeça devagar, observando objetos em meu consultório. Seu olhar parou na minha estante de livros ao longo de uma parede.

— Vejo alguns títulos familiares aqui, dr. Yalom.

— Que tal a gente se tratar pelos prenomes? Irv e Justine?

Quase sempre digo isso aos pacientes, mas raramente tão depressa. Talvez eu precisasse varrer *miss* Markum de minha mente.

— Tudo bem, mas parece meio estranho. Você, um eminente professor da área de psicoterapia; eu, uma enfermeira chefe.

— Obrigado por não dizer "venerável professor".

Ela sorriu.

— Vou tentar, mas posso esquecer. Sou da velha guarda em termos de tratamento. — Voltou a olhar minha estante de livros. — Li diversos dos seus livros. Foram importantes para mim.

— Esses livros têm a ver com sua decisão de entrar em contato comigo?

— Sim, em parte. A outra parte é que nossa paciente, Astrid, falou muito de como você a ajudou. Ela falava bastante de você.

Nossa paciente. Gostei daquilo. Poderia ajudar a nos vincularmos.

— Eu conhecia nossa paciente fazia muito tempo. Uma boa mulher. E boa terapeuta. Mas diga: houve algo em particular nesses livros que a tenha sensibilizado?

— Talvez no livro que Astrid me deu: *De frente para o sol: como superar o terror da morte*. Meu exemplar está todo marcado com anotações. Li mais de uma vez. Sou enfermeira cirúrgica e passo todo o tempo com pacientes em estado grave. Lido com a morte todos os dias. Também gostei do seu romance *A cura de Schopenhauer*. Aquele personagem principal que enfrenta um melanoma maligno... Não consigo tirá-lo da cabeça.

— Tenho um palpite de que você já esteja abordando isso, mas me deixe perguntar mais diretamente: por que me contatou? Com que está lidando agora?

Justine respirou fundo, seus braços penderam soltos e ela se reclinou no assento.

— Com que *não* estou lidando? Tem muita coisa acontecendo.

Fez uma pausa. Sua ansiedade era perceptível.

— Tente ser o mais honesta possível, Justine. Você está segura aqui.

Ela parecia surpresa. Talvez ainda não tivesse se acostumado a ser chamada de Justine. Olhou direto para mim. Imaginei que poucas pessoas já lhe haviam dito que ela estava segura.

— Certo — ela respirou fundo. — Começarei com o pior. Cerca de um mês atrás, uma verruga foi retirada do meu pé e um laudo médico informou que era um melanoma maligno. Dá para imaginar meu interesse no personagem de *A cura de Schopenhauer*. Julius, certo? Li várias vezes a parte que descrevia sua morte e chorei em todas elas.

— Sinto muito saber do melanoma, Justine. Conte-me o que seu médico disse.

— Não foi bom, mas podia ter sido pior. A lesão estava um pouco ulcerada e era profunda, de uns quatro milímetros. Mas o primeiro local da drenagem linfática, o nodo sentinela, estava bom. Sabe do que estou falando? Os nodos inguinais? Quando falo com analistas nunca sei quanto da medicina eles lembram.

— Admito que tenho enormes lacunas em meu conhecimento de grande parte da medicina atual. Mas lidei bastante com pacientes de oncologia, então, até aqui, estou entendendo.

— Ótimo. Bem, o não envolvimento dos nodos é um bom sinal, mas a profundidade da lesão é algo ruim. Não estou tão mal quanto Julius, mas tenho uma boa chance de recaída. O médico diz que talvez uns cinquenta por cento. Venho tentando conviver com isso agora.

Ficamos sentados em silêncio por alguns momentos. Senti um aperto no coração: cinquenta por cento de chance de haver uma recaída. Caso ocorresse, sabíamos que não haveria tratamento eficaz disponível. Tentei me pôr em sua pele e comecei a suar.

— Isso é muito difícil, Justine. Mas ter alguém com quem compartilhar muitas vezes ajuda.

— Espere, tem mais.

— Certo. Marquei sua afirmação anterior: "Com que *não* estou lidando?" O que mais está acontecendo em sua vida?

— Meu trabalho, muito doloroso, preenche grande parte da minha vida. Astrid, por exemplo. Cuidei dela por semanas, passei a conhecê-la bem e agora está morta. Tentamos tudo que foi possível. Ela estava muito doente, próxima da morte. Sua bilirrubina e seu tempo de protrombina estavam nas alturas. Sua icterícia, nunca vi pior num paciente. Milagrosamente, houve um transplante de fígado, nós a salvamos e devolvemos sua saúde. Agora, alguns meses depois, sem mais nem menos, ela morre. E ela é apenas uma entre tantos pacientes. É a história da *maioria* dos meus pacientes de transplantes de pulmão com fibrose cística, de câncer ovariano, cervical ou pancreático. Eu me aproximo deles, dou um duro para salvá-los. Para quê? Geralmente eles morrem logo. Sou apenas uma acompanhante no vale da morte. Meu grande dilema é que, se mantenho distância, sou uma má enfermeira que não realiza seu trabalho. Mas, se realizo meu trabalho, fico arrasada.

— Soa familiar, Justine, bem familiar. Deixe-me contar algo a você. Outro dia, quando deu aquele primeiro tapinha no meu ombro no velório de Astrid, não fui muito receptivo porque estava perdido em devaneios com esses mesmos pensamentos, exatamente esses pensamentos, percorrendo minha mente. Tanto trabalho, meu trabalho, o trabalho de Astrid, seu trabalho e, num instante, ela se foi. É difícil aceitar isso.

— Hesitei em bater no seu ombro semana passada. Tive a sensação de que estava interrompendo algo.

— Fico feliz de que tenha se arriscado. Mas vamos prosseguir. Existe algo a mais no resto de sua vida que deveríamos abordar?

Justine fez um lento sinal positivo com a cabeça.

— O resto de minha vida... Eis o problema. Não há resto suficiente. Minha vida é pequena demais. Meu marido e eu nos separamos mais de vinte anos atrás. — Ela respirou fundo. — Agora a parte mais difícil. Tenho um filho... *Tive* um filho viciado em heroína. Está na prisão de San Quentin cumprindo dez anos por agressão com morte, tráfico e arrombamento.

— Quando você disse "*tive* um filho", achei de início que ele havia morrido.

— Foi isso mesmo que eu quis dizer. Ele *está* morto para mim. Rezo para nunca mais vê-lo. Eu o eliminei de minha vida. Completamente. Não tenho filhos. Estou só.

— Senti muita dor nesse comentário.

— *Haveria* dor se eu me permitisse pensar a respeito. Mas, como disse, eu o eliminei. A dor foi insuportável durante muitos anos. Ele me fez mal de todas as maneiras possíveis, roubou tudo de mim.

— Você procurou ajuda para os sentimentos sobre seu trabalho, seu melanoma, seu marido, seu filho?

Justine fez um sinal negativo com a cabeça.

— Nunca. Sou dura na queda. Essa é minha reputação. Acho que gosto disso; posso cuidar de mim. Mesmo agora, aqui, não estou pedindo muito. Duas, talvez três sessões. O suficiente para voltar aos eixos. Além disso, a dívida do cartão de crédito por conta do furto do meu filho ainda é tamanha que acho que nem consigo pagar mais. E, se o melanoma avançar, só Deus sabe quanto tempo poderei continuar trabalhando. — Ela parou e olhou diretamente para mim. — Concorda com isto: tratamento de curto prazo? Quero que seja franco comigo. Astrid contou que você não é enrolador.

— Tudo bem com o curto prazo. Vamos planejar três sessões: hoje e mais duas. Caso descubra que precisa de mais no futuro, podemos renegociar. E serei honesto: há algo no curto prazo que parece cômodo. Seu termo "arrasada" me sensibilizou: fiquei arrasado com a morte de Astrid. Um curto prazo está bom para mim. Assim você não vai se arrasar.

— Uau! Ela estava com razão: você não é enrolador. Não estou habituada a isso. Os terapeutas da enfermaria estão sempre enrolando.

— Prometo não enrolar. Agora deixe-me fazer uma pergunta que você talvez não esteja esperando. Como estão indo as coisas para você até agora aqui? Estamos apenas começando, eu sei, mas você expôs um monte de sua vida pessoal e tenho um palpite de que isso é incomum para você.

— Muito incomum. Mas você o está tornando minimamente doloroso. Eu me abro para duas grandes amigas, Connie e Jackie, dos tempos de faculdade.

Moramos em partes diferentes do país, mas mantemos o contato por Skype ou telefone pelo menos uma vez por semana. A família de Connie tem uma ótima casa de temporada perto do lago Michigan, e nos encontramos todo verão.

— E elas são confidentes íntimas?

Justine assentiu com a cabeça.

— Isso, elas sabem quase tudo. Até sobre meu filho. São minhas únicas confidentes.

— Fora eu.

— Certo. Mas não lhes contei sobre o melanoma. Isso só contei a você.

— Por quê?

— Sabe como é: câncer é forte demais. Se não forem parentes próximos, as pessoas saem correndo.

— Connie e Jackie sairiam correndo?

— Não sei direito. Provavelmente não.

— Então você não conta para elas por quê?

— Ei, dê uma trégua para a moça.

— Estou forçando demais? Desculpe.

— Não, não. Não pare. Deve ser bom para mim. Eu sou a durona que sempre fica forçando. É pedagógico para mim estar do outro lado. Além disso, você está forçando no ponto certo. Você tem um bom faro: meu encontro com Connie e Jackie será mês que vem e, nas últimas semanas, venho pensando em lhes contar. Quer saber da verdade? Minha hesitação em contar para elas talvez seja o principal motivo de eu o ter contatado.

— Vamos aprofundar um pouco. O que você mais teme em contar para elas?

— Pena, acho. Pena e afastamento. Minha relação com elas é a mais sincera possível e não quero que isso mude. Tenho medo de perdê-las. Quando eu era criança em Nova York, minha avó juntava dinheiro para me enviar a uma colônia de férias todos os verões nas montanhas Adirondack. A maioria de nós ficava dois meses, mas alguns apenas um mês. Lembro que, quase no fim do primeiro mês, eu me afastava das pessoas que estavam indo embora antes e ficava com quem permaneceria por mais tempo.

— Você se arriscou e me contou sobre o melanoma. Alguma pergunta para mim?

Justine me encarou, incrédula.

— Uau, isso é novidade! Eu não sabia que analistas respondem a perguntas. — Pensou por uns momentos e disse: — Sim, tenho uma, se estiver preparado para ela. Sente pena de mim?

— Honestamente, não estou querendo evitar sua pergunta, mas essa palavra "pena" me confunde. Você precisa ser mais clara sobre o que quer dizer com "pena".

— Por que você acha que *está* evitando minha pergunta? Olha, deixe-me dizer de outra maneira. O que você sentiu sobre mim quando contei do melanoma?

— Pesar, compaixão, preocupação: esses foram meus primeiros sentimentos. Depois me imaginei sendo informado de que tinha um melanoma e senti medo, comecei a suar. Meu problema com a palavra "pena" foi sua conotação de alguém "diferente" ou "inferior" a mim. Sinto pena de um cão faminto ou de um gatinho machucado. Mas, Justine, você não é diferente de mim. Você está enfrentando o que todos, mais cedo ou mais tarde, temos de enfrentar. Não tenho nenhuma doença específica, mas minha idade avançada me força a pensar no fim da vida o tempo todo. Creio que suas boas amigas reagirão de modo semelhante. Já não consigo me imaginar abandonando você, e imagino que elas pensem como eu.

Em nosso segundo encontro, Justine agradeceu meu conselho. Ela havia contado às duas amigas sobre seu melanoma e elas reagiram de forma generosa e carinhosa. Parecia mais cordial, agradeceu-me com um sorriso fugaz e passou a falar de seu filho. Falou até o fim da sessão sobre sua péssima relação com ele.

— Talvez eu jamais devesse ter me casado. Achei que nunca me casaria. Nasci esquisita e desajeitada, nunca fui atraente, não tive a malícia feminina inata nem modelos femininos. Minha mãe morreu de câncer cervical quando eu tinha nove anos. Não tive irmãos e meu pai foi um homem ausente, rude e inculto, um motorista de caminhão que só ficava em casa nos fins de semana.

Minha avó paterna, uma imigrante iugoslava, me criou. Era uma mulher infeliz, que mal falava inglês. Os homens não olhavam para mim e, embora eu tivesse alguns encontros de uma noite, nunca tive um relacionamento mais longo. Eu provavelmente jamais teria casado se não tivesse engravidado e, com a ajuda de minha avó, forçado o pai a casar comigo. Isso foi uns cinco anos após a escola de enfermagem. O casamento foi um erro. Ele era alcoólatra, grosseiro e bruto, e tão agressivo com James e comigo que um dia, enquanto ele trabalhava, fiz as malas e fui embora com James, então com três anos. Fui para bem longe de Chicago, onde haviam me oferecido um emprego no hospital Michael Reese. Nunca mais procurei meu marido. Duvido que tenha procurado por nós. Provavelmente ficou aliviado por eu ir embora.

— Continue. Conte-me sobre você e James.

— Fiz o melhor por ele. Eu era enfermeira quarenta horas por semana e mãe o restante do tempo. Não tinha outra vida. James desde o início foi difícil: problemas para dormir, andar, falar, brincar com outras crianças, além de indisciplina em tudo o que fazia. Acho que ele nasceu sociopata, com algo profundo, intrínseco, genético, imutável. Também teve graves problemas de aprendizado: não conseguia se concentrar, nunca aprendeu a ler direito, sempre frequentou escolas especiais. Hoje em dia talvez fosse diagnosticado com déficit de atenção.

Justine prosseguiu grande parte da consulta contando em detalhes os problemas médicos e psicológicos de James e todos os tratamentos tentados.

— Tentamos vários medicamentos, como Ritalina, anticonvulsivos e antipsicóticos. Nada adiantou. Eu gastava todo o meu dinheiro com ajuda médica e psicológica. Em vão.

— Quando ele entrou na adolescência, começou a usar tudo que é tipo de droga. Enviei-o a centros de desintoxicação, reabilitação e retiros no campo. Ele sempre fugia. Resistiu a tudo. Aos dezesseis ou dezessete anos, começou a usar heroína e as coisas pioraram ainda mais. Roubava tudo que podia de mim, roubou meus vizinhos e amigos. Até que o expulsei de casa. A última notícia que tive dele foi que estava em San Quentin. Não aguento mais falar sobre este assunto.

Justine reclinou-se de volta no assento e enxugou os olhos com um lenço de papel.

Após alguns momentos, ergueu o olhar e acrescentou:

— Passei a semana inteira imaginando como contaria isto a você, tentando prever sua reação.

— Qual foi?

— Imaginei-o perguntando sobre lembranças positivas quando ele era neném, ao colocá-lo na cama, qualquer momento de afeto entre nós dois. Mas não consigo me lembrar de nem um momento positivo. *Nenhum.*

— Acertou em cheio: era *isso* que eu teria perguntado. E sua resposta é muito sombria. Fico triste pelo que me contou. Triste por James, mas ainda mais triste por você. Diga-me, compartilhou tudo isso com Connie e Jackie?

— Sim. Elas sabem de tudo e, desde que James nasceu, acompanharam cada passo seu. Mas é uma experiência diferente contar a história de uma só vez. Nunca fiz isso com ninguém. Estou exausta.

— Sei que é desgastante para você, mas é melhor pôr tudo para fora. Diga-me, o que está sentindo agora, aqui comigo?

— Vergonha. Como se você fosse à minha casa e ela estivesse totalmente bagunçada. — Ela fez uma breve pausa e depois perguntou: — Você tem filhos?

— Quatro. Sei como é ser pai ou mãe e consigo entender a dor insuportável que está sentindo. Mas não pare. Quero que relate tudo.

— Devo ter sido uma mãe monstruosa, mas tentei, fiz tudo que estava ao meu alcance. Mas é uma vergonha. Aquilo... James... Aquela criatura em San Quentin, sob qualquer aspecto, faz parte de mim. Está envolto por uma faixa para todos verem: "Feito por Justine Casey."

— Você acha que os outros pensam assim?

Justine soluçou e assentiu com a cabeça.

— Sim, qualquer um que conheça minha história.

— Conheço sua história e não acho isso. Tente continuar falando. Quais outras perguntas tem para mim?

— Serei monstruosa? Serei um horror de mãe? Serei James? Ele sou eu?

— Nada disso. Quero que saiba que estou do seu lado, Justine. Estou aqui para ajudá-la. Nenhuma vez, nem por um instante, tais pensamentos passaram pela minha cabeça. O que *estou* pensando agora é quão implacável você é consigo mesma. Temos de parar por hoje, mas gostaria de concentrar parte de nossa sessão final no tema de ser mais branda consigo mesma.

Uma semana depois, Justine chegou ao meu consultório com uma folha de papel dobrada na mão.

— Tive um sonho na noite passada e sei, pela leitura de sua obra, que você dá atenção aos sonhos. Esse me acordou lá pelas quatro da madrugada. Acho que tinha algo a ver com você.

— Vamos examiná-lo.

Ela desdobrou o papel.

— Isto é só um fragmento, não consegui lembrar a maior parte. Estou percorrendo um caminho e subo por uma janela até um quarto grande, escuro. De algum modo, o caminho lembra aquele até seu consultório, mas é noite e não consigo ver muito. Depois que entro no quarto, escondo-me atrás de uma cadeira bem pequena e aguardo. Estou segurando uma arma. De repente, noto que a cadeira sumiu; alguém a retirou. Estou visível, totalmente desprotegida e apavorada. Foi aí que acordei ensopada de suor.

— Algum palpite sobre esse sonho?

— Não sei nem como começar. Como devo proceder?

— Como dispomos apenas desta última sessão, não temos tempo para explorar o sonho em profundidade, mas geralmente eu pediria que você pensasse em certas partes dele e fizesse livres associações. Ou seja, apenas rememorar em voz alta, deixar seus pensamentos fluírem livremente. Mas, dada nossa limitação de tempo, deixe-me ajudar primeiro. O que me impressiona no sonho é o local. Você diz que parece o caminho para meu consultório. Além disso, foi sonhado na noite antes de nossa consulta. Algum pensamento sobre isso?

— Foi, *sim*, esse caminho. Deu para ouvir o som das pedrinhas igual ao da sua entrada. Mas a janela e o quarto enorme não eram familiares. Um quarto grande, talvez um cenário de filme? Não sei de onde vem isso.

— E aí você tenta se esconder atrás de uma cadeira bem pequena, que não parece dar muita proteção. E logo ela desaparece. Portanto você está no meu consultório e, subitamente, seu esconderijo desaparece. Em que *isto* faz você pensar?

— Vejo aonde você quer chegar. Estou aqui neste consultório, talvez fosse seu consultório, minha proteção é retirada, não posso me esconder e fico muito assustada.

— Você diz que sua proteção é retirada, mas você a retirou por sua própria decisão de vir.

— Foi mais difícil do que pensei. Não consegui ou não quis me esconder de você e fiquei de peito nu.

— De peito nu?

— Não foi isso que eu quis dizer... — Justine corou. — O que quis dizer foi que retirei tudo do peito.

Estranho ato falho e provavelmente pleno de significado, mas não havia tempo de explorá-lo naquela última sessão. Marquei aquilo e guardei no arquivo, para o caso de Justine resolver voltar para uma terapia mais longa, e respondi:

— Outro aspecto do sonho é que é noite, você entra por uma janela e se esconde. Pergunto-me se isso se refere ao modo incomum como você me encontrou. Travar conhecimento no velório de Astrid e marcar uma consulta lá não é exatamente o mesmo que vir ao meu consultório pela porta da frente. E você avisa que serão poucas sessões.

— Sim, está certo: entendo seu argumento.

— Mas continuo pensando naquela pistola que você está carregando. Quais palpites tem a respeito?

— Não falei nada sobre uma pistola. Falei que tinha uma *arma*.

— Diga-me: ainda vê seu sonho na mente?

Justine fechou os olhos e pareceu se desligar.

— Posso vê-lo. Está um pouco fraco, mas consigo ver que estou carregando uma arma, que não é uma pistola. Estou carregando algo grande, enorme. É uma bazuca. Não, não, é uma bomba.

Ela abriu os olhos e fez um sinal de negação com a cabeça.

— Há vários sentimentos aqui. Continue. O que acha dessa arma enorme?

— O sonho diz que sou perigosa.

— Diga mais sobre ser perigosa.

— *Sou* perigosa, perversa. Estou cheia de raiva. Pensamentos ruins, raivosos sobre todos circulam por minha mente. Por isso me afasto das pessoas, por isso estou tão só.

Permanecemos em silêncio por um minuto ou dois. O momento chegara. Hesitei enquanto formulava o que queria e precisava dizer a ela.

— Tem algo que gostaria de lhe contar. Hesitei até agora devido à minha preocupação com a confidencialidade de meus pacientes. É algo que Astrid me contou durante nossa terapia e normalmente eu não repetiria algo contado por um paciente. Mas isso é tão importante de você ouvir que não posso me calar. Além disso, estou certo de que Astrid não se importaria em compartilhar isso.

Os olhos de Justine fixaram-se em mim.

— Astrid contou sobre sua pior época, quando estava aterrorizada, certa de que estava morrendo, incapaz de controlar sua dor. Estava aguardando a chegada da família quando uma enfermeira se aproximou e sussurrou no seu ouvido: "Mostre alguma classe a seus filhos."

Parei e fitei Justine. Seu rosto e todo o seu corpo estavam parados, como que congelados no tempo.

— Ela não disse nomes, apenas mencionou que era uma enfermeira durona, que ela respeitava muito. Foi você, Justine? Você disse isso para ela?

— Sim, eu disse.

— Astrid me contou que essas palavras, suas palavras, foram "transformadoras". Chamou isso de ponto de virada em seu martírio. Disse que foram as palavras mais proveitosas que ouviu na vida.

— Por quê? Como?

— Ela disse que essas palavras a tiraram de dentro de si, a fizeram pensar nos outros, lhe deram um sentido, lhe fizeram lembrar que, mesmo morrendo, ela *ainda* tinha algo a oferecer à família: demonstrar como enfrentar a morte. Você lhe deu um presente precioso.

Justine ficou sentada em silêncio por um longo tempo até dizer:

— Meu Deus, esta é a mais cruel ironia! — Olhou para longe pela janela do consultório e falou como que em transe. — A mais cruel ironia. Veja bem, não *sussurrei* isso no ouvido de Astrid. Falei *com desdém*. Sim, *com desdém*. Astrid tinha tudo: um quarto cheio de belos vasos e flores, um anel de diamantes do tamanho de bolas de golfe, netos bonitos, uma grande família e amigos reunidos à sua volta. Eu teria dado tudo para ter tido sua vida, mesmo *com* a doença. Ela era cortejada em seu manto de caxemira azul por um fluxo incessante de belos visitantes e amigos. O marido me contou sobre o maldito iate dele umas cem vezes; seu terapeuta e confidente era o importante dr. Yalom, de quem tinha livros autografados. Mesmo assim, tudo que ela conseguia fazer era choramingar, dia após dia. Ela era deplorável. Eu estava com raiva, cheia de inveja e totalmente exasperada com ela.

— Mesmo assim, apesar de tudo isso, *você* foi a única que trouxe consolo para ela. *Algo transformador*, ela disse. Você mudou sua vida. O que você faz com esse conhecimento?

Justine ficou sentada em silêncio, balançando a cabeça lentamente. Olhei para o relógio.

— Nosso tempo está terminando e estou tentando dar um fechamento. Apesar de todas as suas autoacusações, *a melhor parte de você encontrou as palavras certas para dizer*. São *as ações, não os pensamentos*, que realmente contam. Vamos fazer um experimento imaginário, Justine.

Ela ergueu a cabeça para me fitar.

— Imagine, aqui no meu consultório, uma fila das pessoas que você ajudou, das quais talvez até tenha transformado a vida — continuei. — A fila começa aqui — indiquei um ponto perto de minha cadeira. Imagine todas as pessoas gratas a você, mortas ou vivas. Consegue ver alguém que conheça? Faça um esforço.

Justine fez um sinal afirmativo com a cabeça.

— Imagine uma fila bem comprida serpenteando para fora do consultório e descendo até a rua — sugeri. — Certo?

— Sim, consigo vê-los — disse Justine suavemente. — Alguns do tempo do Hospital Michael Reese. Vejo tanto os vivos quanto os mortos, os que estão se recuperando e os moribundos. Vejo Astrid de pé no início da fila. Ela se estende até longe, pelo que consigo ver. — Uma longa pausa: — Obrigada, isso ajuda. Mas resta muita coisa. A raiva não foi dominada. Os pensamentos perversos estão ali por todos os lados, à espreita.

— Esses pensamentos são velhos, arcaicos, remetem aos seus primeiros dias difíceis e infelizes. Sua raiva é compreensível. Claro que grande parte ainda está ligada a seu filho, que você repudiou, mas, como sabemos, não esqueceu. Todos esses sentimentos precisam vir à tona, examinados e dispersados. Serão necessários tempo e um guia, mas você consegue. Estou certo disso. Se você desejar, com prazer serei o guia.

Justine ficou ali sentada, com lágrimas rolando pelo rosto. Não estava austera, não parecia mais a Miss Markum dos velhos tempos. Agora estava mais suave, mais cativante. Ela ergueu o queixo.

— Você está falando sério? E seu comentário sobre ficar arrasada?

— Não fazer o certo é pior do que ficar arrasado. Além disso, você faz jus a isso. Ligue quando estiver preparada.

Justine se levantou e apanhou suas coisas. Caminhei com ela até a porta. Ao partir, virou-se para mim para um último olhar. Notei dor e tristeza em seus olhos, talvez orgulho. Torci para que ela ligasse.

CAPÍTULO 7
Desista da esperança de um passado melhor

— Quero que esta consulta seja diferente da última. Desta vez, quero uma mudança completa. Meu sexagésimo aniversário está chegando e quero mudar minha vida.

Aquelas foram as primeiras palavras de Sally. Uma mulher bonita e direta, que olhou bem em meus olhos e prendeu meu olhar. Estava se referindo à nossa terapia anterior seis anos antes, quando havia solicitado apenas quatro sessões para ajudar a lidar com sua prolongada dor após a morte do pai. Embora tivesse aproveitado aquele tempo com eficiência e explorado seu relacionamento tempestuoso com os pais com certa profundidade, senti que havia algo mais a explorar, mas Sally estava irredutível nas quatro sessões.

— Não sei até que ponto você se lembra de mim, mas sempre trabalhei como técnica em física e é isso que quero mudar — continuou ela. — A verdade é que meu coração *nunca* esteve nesse trabalho. Minha vocação real é escrever. Quero ser uma escritora.

— Não me lembro de você ter mencionado isto antes.

— Eu sei. Não estava preparada para falar disso nem para falar comigo a respeito. Agora estou. Voltei a contatá-lo porque sei que você é escritor e acho que pode me ajudar a encontrar meu caminho para virar uma escritora de fato.

— Farei o possível. Conte-me mais.

— Tomei a decisão de colocar minha literatura em primeiro lugar. Tenho dinheiro suficiente para fazer isso agora, com o pagamento de minha aposentadoria e o emprego do meu marido. Ele é piloto de aviões e, embora a United tenha surrupiado os fundos de pensão dos pilotos (o diretor precisava do salário e da gratificação de cem milhões de dólares), meu marido continua ganhando um bom dinheiro, ao menos pelos próximos cinco anos. Creio que eu tenha talento.

— *Deve* ter talento? Conte-me sobre isso.

— Quero dizer, *devo* ter algum talento. Ganhei um prêmio literário de ficção da associação dos escritores quando tinha dezoito anos. Quatro mil dólares. Há 42 anos.

— Um prêmio enorme! Uma grande honra!

— Uma maldição, ao que se revelou.

— Como assim?

— Imaginei que jamais estaria à altura daquela honra. Comecei a me sentir uma farsa e tive medo de mostrar meu trabalho.

— O que você escrevia?

— O que *escrevo*, na verdade, porque nunca parei de escrever. Um pouco de tudo, um fluxo incessante de poesia, contos e crônicas.

— E o que você fez com toda a sua obra? Publicou alguma coisa?

— Afora a novela que me valeu o prêmio, não publiquei nada. Nunca tentei publicar. Nunca. Mas ainda guardo cada texto que escrevi. Não consegui mostrar nada nem jogar fora. Coloquei tudo numa caixa grande e lacrei com uma fita adesiva. Tudo que escrevi desde minha adolescência.

Uma grande caixa lacrada com tudo que ela já havia escrito. Meu coração começou a disparar. *Calma aí*, disse para mim mesmo, pois estava resvalando em minha identidade como escritor e senti que estava me envolvendo demais. Minha curiosidade estava atiçada. E minha empatia também. Estremeci ao imaginar a obra de toda minha vida escondida numa grande caixa. *Não se superidentifique*, disse a mim mesmo. *Nada de bom advirá disso*. Retornei para Sally.

— Qual a sensação disso?

— Do quê? De ter tudo numa caixa?

Assenti com a cabeça.

— Não é tão ruim. Fora de vista, fora da mente. Funcionou muito bem até agora. Posso lhe contar muito sobre as vantagens da negação. Sempre achei que sua profissão não valorizava direito a negação.

— Certo. A negação não é nossa praia. Confesso que espero que meus pacientes se dispam da negação e a pendurem no cabide antes de entrar.

Sorrimos juntos. Éramos uma boa dupla. Qual a última vez que eu proferira "praia", "despir" e "cabine" durante uma hora de terapia? Senti que nos acomodaríamos confortavelmente numa conversa literária. *Cuidado, cuidado*, pensei. *Ela veio atrás de ajuda, não de convivência.*

— Aquela caixa, onde você guarda?

— Na verdade, são duas caixas. A número um, a principal, está lotada, lacrada e guardada fora de vista, no fundo do meu armário. Eu me desfiz de um monte de coisas ao longo dos anos: roupas, fotos, livros... Mas não daquela caixa. Carreguei-a comigo como uma tartaruga carrega sua carapaça, de uma casa para outra, por quase toda a vida. Nela está toda a minha obra da adolescência até uns quinze anos atrás. A segunda caixa, na qual guardo toda a minha obra recente, está à disposição embaixo de minha escrivaninha.

— Quer dizer que você guardou a produção literária de toda a sua vida e a mantém perto, mas fora de vista?

— Não, não minha obra inteira. Uma boa parte, de anos ainda anteriores, teve um destino triste.

— Como assim?

— É uma história estranha. Estou certa de que não lhe contei isso em nossa terapia anterior. Um dia, quando eu tinha uns catorze anos, meus pais e irmãos haviam saído e comecei a olhar as gavetas do guarda-roupa no quarto do meu pai. Aquilo não era incomum para mim. Não lembro o que estava procurando, mas sempre fui curiosa. Naquele dia específico, achei dois de meus poemas numa gaveta em que estavam os suéteres do meu pai. O papel parecia úmido, como se as lágrimas do meu pai tivessem caído nele. Eu nunca lhe dera meus poemas e fiquei furiosa por encontrá-los ali. Como ele havia encontrado? Só tinha um jeito: *havia* mexido no meu quarto quando eu estava na escola.

— E então...

— Não dava muito bem para confrontá-lo sobre aquilo, dava? Eu teria de admitir que estava mexendo no armário *dele*. Só tive um recurso.

— Qual?

— Queimei todos os poemas que tinha escrito.

A sensação foi de uma punhalada no coração. Tentei disfarçar, mas ela percebeu tudo.

— Você estremeceu quando eu disse isso.

— Queimar todos os poemas que havia escrito?! Estou tentando evocar uma imagem daquela menina de catorze anos acendendo um fósforo e tacando fogo em seus poemas. Que pensamento doloroso, horrendo! Tamanha violência contra si própria! Diga-me, Sally, sente alguma simpatia por aquela jovem de catorze anos?

Sally parecia tocada. Inclinou a cabeça para trás e olhou para cima por uns segundos.

— Nunca pensei nisso antes. Preciso refletir.

— Vamos marcar isso para não nos esquecermos de voltar mais à frente. É importante. Por ora, falemos mais sobre seus motivos para vir aqui.

Eu teria preferido retornar àquela caixa misteriosa, mas o fato de Sally haver queimado toda a sua obra me deixou atônito. A situação exigia certa cautela. Ela falaria novamente no assunto, mas no devido tempo, quando estivesse preparada. Nos meses seguintes, preparamos o terreno para sua nova vida. Primeiro ela teve de lidar com a aposentadoria, algo com que poucas pessoas lidam com tranquilidade. Embora estivesse consciente dos obstáculos no caminho, Sally, uma mulher determinada, se preparou para todos eles.

Em relação ao trabalho, sabia que em breve estaria desatualizada dos avanços físicos e que, portanto, não poderia mudar de ideia para tentar recuperar o emprego. Para ter certeza de que o laboratório funcionaria sem ela, fez uma reorganização administrativa cuidadosa, de modo que a transição fosse o mais tranquila possível. Pensou também na vida pessoal. Seu marido planejava continuar voando por mais cinco anos e vivia longe de casa, mas Sally contava com um grupo de amigas.

Havia também a questão financeira. Por minha sugestão, ela e o marido procuraram um consultor e descobriram que tinham fundos suficientes para a aposentadoria, desde que gastassem menos com os filhos, que concordaram em se sustentar sozinhos.

O item final em sua lista — onde escrever? — era incômodo para Sally, que levou algumas semanas pensando no assunto. Para escrever bem, precisaria de silêncio absoluto, solidão e contato com a natureza. Para tanto, alugou um sótão cercado por um enorme carvalho.

Numa de nossas sessões, para a minha surpresa, ela entrou no consultório com uma enorme caixa de papelão. Ao sentar-se, ficamos olhando um para o outro, até que ela, sacando uma tesoura da bolsa, ajoelhou-se no chão junto à caixa, olhou para mim e disse:

— Hoje é o dia.

Tentei acalmar um pouco sua ansiedade. Os olhos de Sally estavam vermelhos, seus lábios tremiam e ela segurava a tesoura sem firmeza.

— Primeiro deixe-me perguntar o que está sentindo. Você parece tão tensa, Sally...

Apoiando-se sobre os calcanhares, ela respondeu:

— Mesmo antes de nossa primeira sessão, eu sabia que este dia chegaria. Por isso vim vê-lo. Morri de medo, dormi mal várias noites, sobretudo a última. Mas acordei esta manhã sabendo que este era o momento.

Algumas sessões antes, eu havia lhe perguntado o que imaginava que fosse sentir ao abrir a caixa. Ela não se mostrara muito empolgada com minha pergunta. Naquele dia, porém, estava receptiva.

— Existem muitos capítulos sombrios em minha vida, piores dos que aqueles que lhe narrei. Da mesma forma, há muitas histórias sombrias nesta caixa que eu posso ter mencionado, de modo superficial, em nossa terapia. Estou com muito medo. Minha família, para quem olhava de fora, era maravilhosa. Mas a realidade era bem diferente.

— Há alguma história ou poema específico que você tema encontrar de novo?

Erguendo-se do chão e abandonando a tesoura, Sally voltou a se acomodar no assento.

— Sim, uma história que escrevi durante a faculdade me atormentou na noite passada. O título, se não me engano, é "Andando de ônibus". É uma narrativa sobre mim aos treze anos, período em que eu estava tão infeliz que pensei em suicídio. Na história, que de fato aconteceu, embarco num ônibus e vou de ponto final a ponto final, várias vezes, pensando num modo de acabar com minha vida.

— Conte-me mais sobre não conseguir dormir na noite passada.

— Foi ruim. Meu coração batia tão forte que sentia a cama tremendo. Fiquei apavorada com a história e com o fato de ter ficado quase um dia inteiro no ônibus pensando em me matar. Lembro que eu não via mais razão para viver. Imaginei-me achando o conto dentro da caixa.

— Na época, você tinha treze anos, agora tem sessenta. Isso significa que a viagem foi 47 anos atrás. Você não é mais aquela menina. Está crescida agora, casou-se com um homem que ama, teve dois lindos filhos, adora a vida e está aqui planejando seguir sua verdadeira vocação. Você foi longe, Sally, mas está presa à ideia de que será atraída de volta ao passado. Quando isso passou a dominá-la?

— Há muito tempo. Por isso lacrei a caixa. — Ela apanhou a tesoura novamente. — Talvez por isso eu a tenha trazido a seu consultório.

Ergui minhas sobrancelhas, intrigado.

— Como assim?

— Se você estiver comigo, me manterá *neste* mundo.

— Certo.

— Promete?

Assenti com a cabeça.

Sally voltou a se ajoelhar no chão, cortou a fita, danificando o mínimo possível aquela caixa com a qual conviveu grande parte da vida, e abriu a tampa. Depois, voltou a se reclinar em seu assento e fitamos em silêncio as pilhas de papéis, o registro literário de sua vida. Ela pegou uma folha aleatória e leu um poema em voz baixa.

— Um pouco mais alto, por favor.

Ela olhou para mim assustada.

— Não estou habituada a compartilhar isso.

— Haverá melhor momento do que este para romper um mau hábito?

Suas mãos tremiam enquanto olhava a página. Ela pigarreou algumas vezes.

— Bem, aqui estão os primeiros versos de um poema do qual nem me lembro. Está datado de 1980.

Querer palavras
Não é fome
Mas doença
Incômodo
Uma falta de montanhas
Conforto desabado
Apenas plana
Paisagem
Consumindo a noite
Como um trem
Por Wyoming
Percorrendo trilhos de pensamentos
Meus pés andarilhos
Como aqueles da ave que
Passeia pela praia na maré baixa
Até que a água ou as palavras se elevem
Para nivelar qualquer sinal
De pássaro incomum
Ou mente estranha

Lágrimas vieram aos meus olhos. Era difícil achar palavras.

— É um poema impressionante, Sally. Impressionante. Adorei, sobretudo os dois últimos versos.

Sally apanhou uns lenços de papel, abaixou a cabeça e chorou por alguns minutos. Depois, secando os olhos com um lenço, ergueu o olhar para mim.

— Obrigado. Você não pode imaginar quanto isso significa.

Ela passou o resto da sessão percorrendo as antigas páginas de sua vida, ocasionalmente lendo passagens em voz alta. Quando nossa sessão se aproximava do fim, reclinou-se no assento e respirou fundo duas vezes.

— Ainda está aqui comigo? — perguntei.

— Sim, presa em 2012. Estou contente por você estar aqui. Obrigada. Eu não poderia ter aberto isso sem você.

Olhei para o relógio. Havíamos passado da hora. Às vezes os pacientes percebem esse olhar e notam que estou ansioso para a hora terminar. Mas com frequência, como naquele dia, ocorria o inverso: eu gostaria que tivéssemos mais tempo.

— Vamos ter de parar agora, mas é importante darmos prosseguimento. Acho que deveríamos nos encontrar amanhã ou depois.

Sally concordou com a cabeça.

— Você se sente à vontade para olhar os textos em casa, ou quer deixar a caixa aqui comigo para olharmos juntos da próxima vez?

Enquanto ela refletia sobre minha pergunta, acrescentei:

— Prometo não bisbilhotar.

Sally optou por levar a caixa para casa e nos encontrarmos dois dias depois. Após ela partir, refleti sobre a profissão privilegiada que eu tinha. Era uma honra compartilhar tais momentos. Ouvi-la ler sua poesia foi um prazer. Não tenho ouvido musical e nunca apreciei concertos ou ópera, mas sempre adorei teatro e, acima de tudo, declamações de poesia. Naquele dia, fui pago para ouvir aqueles versos refinados.

Senti-me culpado por gostar tanto de minha hora com Sally. Nossa sintonia acabava atrapalhando a sessão, e a imagem de seu pai dificultava o compartilhamento de sua obra comigo. Havia também a questão de como eu, um escritor, reagiria ao talento artístico dela. Alguns terapeutas se recusam a ler textos de pacientes temendo prejudicar o relacionamento; preocupam-se com o que pensarão caso não gostemos ou não entendamos o que foi escrito. Nunca liguei para isso. Respeito todos que buscam cultivar a criatividade. Se o texto não me agrada, tento encontrar linhas que me comovam e as destaco ao escritor. Isso é sempre produtivo. No caso de Sally, porém, só precisei dizer a verdade.

Por várias semanas, ela leu seus trabalhos e digitou cada palavra no computador. A tarefa mostrou-se muito eficiente na terapia, pois a cada sessão ela chegava cheia de lembranças vivas de seus relacionamentos com pais, irmãos, amigos e namorados. Uma série de poemas, cada um mais dolorido que o outro, pressagiava o colapso de seu primeiro casamento. Numa das sessões, Sally entrou no meu consultório com um maço de 66 poemas escritos para Austin, um jovem com quem tivera um breve caso de amor na juventude. Os poemas falavam de amor eterno, mas logo seu relacionamento com Austin se deteriorou e terminou mal. Foi uma pessoa de quem ela guardou certa mágoa. Por esse motivo, ao reler aqueles poemas, seu primeiro impulso foi de repulsa, de queimar os textos, ideia da qual eu a dissuadi. Nunca queimo nada do que escrevo; é algo com que não concordo. Tenho uma pasta intitulada "Cortes", na qual estão todos os textos não aproveitados que escrevi. Foi com esse argumento que consegui fazê-la mudar de ideia. Ganhei tempo pedindo que Sally lesse, em voz alta, alguns poemas sobre Austin. Com voz embargada, ela leu algumas passagens.

— São adoráveis — disse eu.

Ela começou a chorar.

— Mas são mentirosos, assim como eu. Os poucos meses durante os quais escrevi isso foram os mais gloriosos de minha vida. No entanto, esses poemas são uma pilha de esterco.

Passamos os últimos quinze minutos da sessão discutindo sobre grandes obras escritas em momentos de angústia. Apresentei argumentos apelando pela vida daqueles poemas inocentes. Contei que a transformação de esterco em beleza é um triunfo artístico e que, não fosse pela paixão frustrada, pela morte, pelo desespero e pela perda, a maior parte das obras-primas jamais teria surgido. Ela acabou concordando e transcreveu os 66 poemas para Austin no computador. Senti-me como um herói que houvesse resgatado um antigo manuscrito precioso das chamas.

Tempos depois, quando estávamos revendo nossa terapia, descobri que aquele episódio foi bem mais do que um curta-metragem acompanhando a atração principal de abrir a misteriosa caixa lacrada. Como Sally se envergonhava do caso e de sua participação nos elaborados rituais de submissão sexual de Austin, jamais compartilhara aquilo com alguém durante décadas. Revelar tudo para mim e obter uma reação de apoio teve grande impacto. Ela se sentiu livre e, pela primeira vez, pediu e recebeu um abraço ao final da sessão.

Naquela noite, ela teve um sonho.

— Achei uma pilha de roupa suja na minha porta, provavelmente deixada pelo meu marido. Comecei a pô-la de volta na máquina de lavar, pois poderia pegar poeira. Mas, de repente, eu decidia guardá-las diretamente no guarda-roupa.

A mensagem do sonho foi bem clara: ela não tinha mais roupa suja para lavar. Nesse ínterim, enquanto Sally examinava seus contos e poemas e discutíamos as questões variadas e ricas ali contidas, previ a revelação de temas mais pesados. Onde estavam todas aquelas obras sombrias que a levaram a soterrar seus textos por toda a vida? Onde, por exemplo, estava a temida história do ônibus?

Certa vez, ela surgiu. Sally adentrou meu consultório segurando uma pasta.

— Aqui está a história. Poderia fazer o favor de ler?

Abri a pasta. O conto de cinco páginas intitulava-se "Andando no ônibus". Uma história simples, de uma menina transtornada por um conflito com os pais e pelos insultos de colegas de turma, que decide matar o resto das aulas e, pela primeira vez, cogita suicídio. É um dia de inverno gelado demais para a caminhada de uma hora até sua casa, mas ela não tem dinheiro para o ônibus. O escritório do pai fica perto, mas no dia anterior ele se recusou a ajudá-la durante uma discussão com a esposa, e a menina ainda estava furiosa para pedir carona ou o dinheiro para o ônibus. Decide, mesmo assim, entrar num coletivo e revira os bolsos para mostrar que está sem dinheiro. O motorista ameaça impedi-la de entrar, mas, ao vê-la tremendo de frio, faz sinal para que embarque. A menina senta-se no fundo do ônibus e passa toda a viagem chorando.

No ponto final, todos os passageiros desembarcam e o motorista desliga o motor. Quando ele está prestes a saltar do ônibus para a pausa de dez minutos, nota a menina soluçante e pergunta por que não saltou. Ela conta que mora no lado oposto da cidade. Comovido, o motorista a deixa permanecer no veículo, compra-lhe um refrigerante e a convida a se sentar perto do aquecedor. Os dois viajam juntos o restante do dia.

Ergui o olhar da história.

— *Esta* é a história que você tanto temia?

— Não, nunca a encontrei.

— E *esta* história?

— Escrevi ontem.

Fiquei atônito. Ficamos sentados em silêncio por uns minutos, até que falei:

— Sabe no que tenho pensado? Lembra o que eu disse semanas atrás, quando você percebeu que seus pais não estavam negando amor, e sim que não o tinham para dar?

— Sim, perfeitamente. Foi quando você disse que eu tinha de desistir da esperança de um passado melhor. Essa frase chamou a minha atenção e vem martelando minha mente desde esse dia. Não gostei, mas foi útil, me fez pensar em algo difícil.

— Desistir da esperança de um passado melhor é algo forte. Eu disse isso para ajudar outros pacientes e a mim mesmo. Mas hoje, aqui, você lhe deu uma guinada criativa e inesperada. Você não desistiu da esperança de um passado melhor. Em vez disso, escreveu um passado novo. Algo bem impressionante.

Sally guardou a história de volta na pasta, olhou para cima, sorriu e me lançou um dos melhores elogios que já recebi.

— Não é tão difícil se você tiver um motorista gentil.

CAPÍTULO 8

Adquira sua própria doença fatal: homenagem a Ellie

Durante um retiro de um mês no Havaí para escrever, fiquei chocado ao receber este e-mail de minha paciente Ellie:

> *Oi, Irv.*
> *Sinto muito ter de me despedir deste jeito, não pessoalmente. Meus sintomas pioraram bastante de uma semana para cá, portanto decidi, voluntariamente, parar de comer e beber para morrer mais rápido e sofrer menos. Não bebo nada há 72 horas. Em breve, devo, de acordo com o que li e com meus conhecimentos, começar a definhar e morrer em, no máximo, algumas semanas. Também parei minha quimioterapia. Adeus, Irv.*

Eu sabia desde o início de nosso trabalho que o câncer mataria Ellie, mas mesmo assim fiquei aturdido com aquela mensagem. Fechei o computador, deixei meu trabalho de lado e fui contemplar o mar.

Ellie entrara em minha vida cinco meses antes, também por e-mail.

> *Caro Doutor Yalom,*
> *Cerca de um ano atrás compareci a uma entrevista sua a uma rádio, no Teatro The Marsh, em San Francisco, e senti que o senhor seria uma pessoa a quem eu deveria recorrer. Também gostei do seu livro* De frente para o sol. *Estou com 63 anos e tenho uma doença fatal — um câncer*

> ovariano recorrente, diagnosticado uns três anos atrás. Sinto-me bem fisicamente, mas estou sob efeito de medicamentos pesados para a quimioterapia, que mantêm a doença sob controle. Mas, à medida que meu organismo se adapta a cada um deles, sinto meu fim se aproximando. Creio que uma ajuda psicológica neste momento poderia me trazer certo conforto. Penso na morte o tempo todo. Não estou disposta a encarar uma terapia contínua, mas uma ou duas sessões poderiam ser úteis.

Não me senti mal ao ler o e-mail de Ellie nem o achei estranho — aliás, estava muito bem escrito, com pontuação perfeita. Quase sempre atendo pacientes com doenças terminais em meu consultório; creio que eu possa oferecer algo de valor mesmo numa consulta breve. Respondi imediatamente, oferecendo-lhe uma sessão uma semana depois; disse-lhe meu endereço e informei o valor da consulta.

Suas primeiras palavras, ao aparecer à porta do meu consultório de San Francisco, transpirando muito e se abanando com um jornal dobrado, foram: "Água, por favor." Ela havia corrido para pegar um ônibus perto de seu apartamento, no bairro Mission, e depois subiu dois quarteirões íngremes até meu consultório, no alto de Russian Hill.

Idosa e de baixa estatura, com mais ou menos 1,60m de altura, cabelos emaranhados que clamavam por uma escova, roupas folgadas e informes, sem joias ou maquiagem, Ellie parecia uma *hippie* nostálgica, uma refugiada dos anos 1960. Seus lábios estavam pálidos e rachados; o rosto mostrava cansaço, talvez até desespero. Mas os grandes olhos castanhos brilhavam com intensidade.

Após pegar um copo de água gelada e colocá-lo numa mesinha ao lado da cadeira na qual ela se sentaria, ocupei meu assento.

— Sei que foi difícil chegar aqui, portanto respire um pouco, acalme-se e depois vamos começar.

Ela não perdeu tempo se recuperando.

— Li alguns de seus livros e mal posso acreditar que estou aqui no seu consultório. Sou muito grata por você ter respondido tão rapidamente.

— Conte-me mais sobre você e como eu poderia ajudá-la.

Ellie começou por seu histórico médico, descrevendo minuciosamente o desenrolar de seu câncer ovariano. Quando comentei que ela parecia distante de suas próprias palavras, respondeu:

— Às vezes entro no piloto automático, pois já falei muito sobre este assunto. Mas vou cooperar — acrescentou. — Sei que você precisa saber sobre meu histórico médico, mas *não quero que me defina como uma paciente com câncer*.

— Não farei isso, Ellie. Prometo. Mas me dê mais algumas informações. Você afirma no e-mail que vários remédios já não fazem mais efeito no seu corpo. O que seu oncologista lhe diz? Qual é a gravidade da sua doença?

— As palavras dele em nossa última conversa foram: "Nossas opções estão se esgotando." Conheço-o bem, conheço seu modo de falar. Percebi que ele estava desanimado em relação ao meu tratamento, que não podia fazer nada para me ajudar. Tentou todos os remédios possíveis, mas todos funcionavam por pouco tempo. Um mês atrás, numa consulta, pedi-lhe que fosse sincero. Ele ficou mudo, parecia incomodado e triste. Senti-me culpada por pressioná-lo; ele é um ótimo ser humano. Por fim, respondeu-me que não tenho mais do que um ano de vida.

— É algo difícil de ouvir, Ellie.

— Sim, bastante. Mas, por outro lado, senti um alívio por saber, de fato, qual era minha situação. Sei que minha hora está chegando; ele não me contou nada que eu já não imaginasse. Dois anos atrás, ele mesmo dissera que seria improvável eu sobreviver ao câncer. Durante esse período, tive toda sorte de sentimentos. De início, fiquei chocada com a palavra *câncer*. Senti-me suja, aterrorizada, arruinada. É difícil lembrar essa época, mas anotei algumas descrições de meus sentimentos durante aquele período. Enviarei por e-mail para você, se quiser.

— Gostaria muito de ver.

As anotações de Ellie me impressionaram pela lucidez e pela eloquência. Raramente ouço pacientes falando sobre a morte de modo tão direto.

— Aos poucos, grande parte daquele terror foi desaparecendo, embora às vezes eu ainda me apavore ao imaginar a aparência do câncer; fico horas na internet em busca de fotos de ovários cancerosos. Pergunto a mim mesma se está inchando, se vai estourar e se espalhar por todo o abdômen. Claro que estou apenas conjeturando sobre tudo isso, mas a ideia de tempo limitado mudou a forma como planejo viver.

— Como assim?

— Antes de tudo, minha relação com o dinheiro mudou totalmente. Não tenho muito, mas não vejo motivo para fazer poupança. Trabalhei quase toda a vida em empregos malremunerados como escritora e editora de livros médicos.

— Isso explica aquele e-mail tão bem escrito e com pontuação perfeita.

— Sim. Odeio o que a internet está fazendo com a língua. — A voz de Ellie ficou mais carregada. — Ninguém se importa com grafia, pontuação e sentido das ideias. Eu poderia falar eternamente sobre isso.

— Desculpe, eu a desviei do assunto. Você estava falando de sua atitude em relação ao dinheiro.

— Certo, nunca ganhei muito, nunca me concentrei nisso. E por nunca ter me casado nem ter tido filhos, não vejo sentido guardar dinheiro. Após minha última conversa com o oncologista, tomei uma grande decisão: vou torrar minha poupança viajando pela Europa com uma amiga. Será uma grande viagem, uma extravagância de primeira classe. — O rosto de Ellie clareou, e sua voz ficou mais animada. — Estou ansiosa. Supondo que meu médico esteja certo, tenho dinheiro suficiente para viver um ano e meio. Torrarei na viagem o que sobrar.

— E se seu médico estiver enganado? E se você viver mais que isso?

— Se ele estiver errado, estou fodida.

Ellie exibiu um enorme sorriso, ao qual correspondi.

Fiquei muito estimulado com a iniciativa dela. Sempre fui um homem de apostas. Nunca recusava um desafio com meus amigos ou com meus filhos. Apostava em partidas de beisebol, futebol americano e corridas de cavalos, além de umas partidas de pôquer de vez em quando. A viagem de Ellie me deixou animado.

Ela descreveu o que passava em sua mente.

— Tenho alguns dias bons, mas volta e meia me imagino fraca, perto da morte. Pergunto-me se haverá alguém comigo até meus últimos dias, se serei um estorvo para os outros. Às vezes me imagino como um animal moribundo que rasteja até uma caverna para se esconder do mundo. Não gosto de viver sozinha. Penso em alugar uma casa enorme e fazer novas amizades. Mas receio que não haja mais tempo. Não dá para colocar uma observação no anúncio dizendo que em breve morrerei de câncer. Esses são os dias ruins. Mas, como eu disse, há dias bons também.

— E os pensamentos dos dias bons?

— Eu me examino com frequência, pergunto a mim mesma como estou me sentindo, conto para mim minha própria história; tento olhar as coisas por vieses positivos, como o fato de ainda estar viva e com vontade de viver; recordo que não estou tão desesperada quanto um ano atrás. Mas, no fundo, não tiro da cabeça que tenha uma doença fatal.

— Pensa nisso o tempo inteiro?

— Sim, nunca desaparece. Quando encontro uma amiga grávida, calculo se ainda estarei viva quando o bebê nascer. Minha quimioterapia me deixa péssima; pergunto se vale a pena, se eu não deveria reduzir as sessões tentar arrumar um jeito de viver um pouco melhor o resto de vida que tenho, ainda que, sem a quimioterapia, eu viva alguns meses a menos. Sinto nostalgia da vida que não tive, alguns remorsos.

Essa declaração chamou minha atenção. Uma exploração sobre remorsos quase sempre aprofunda a discussão.

— Que tipos de remorsos, Ellie?

— Acho que por não ser ousada o suficiente.

— Ousada? Como assim?

Ela suspirou e pensou por um minuto.

— Sou introvertida demais. Não me casei, nunca me impus no trabalho, não exigi ganhar mais. Sempre fui muito acomodada.

Pensei em continuar explorando o pesar e a tristeza em sua voz, mas optei por um caminho mais arriscado:

— Ellie, pode parecer uma pergunta estranha, mas você foi ousada o suficiente nesta conversa comigo hoje?

Era uma pergunta perigosa. Embora Ellie fosse honesta comigo e compartilhasse suas dores, de algum modo senti certa distância entre nós. Talvez por culpa minha, mas não estávamos plenamente envolvidos e eu queria corrigir aquilo. Muitos pacientes com doenças terminais sentem-se isolados e imaginam que os outros os mantêm distantes. Eu queria me certificar de que esse não era o caso de Ellie. Redirecionar o fluxo de uma consulta para o momento presente quase sempre dá vida à terapia e fortalece a ligação entre terapeuta e paciente.

Ellie surpreendeu-se com minha pergunta. Sussurrando em voz alta para si mesma duas ou três vezes a frase "Fui ousada o suficiente aqui?", fechou os olhos, refletiu por uns segundos e, de repente, virou-se para mim e disse com firmeza:

— Não, com certeza.

— E se você *fosse* ousada, o que diria para mim?

— Eu diria: "Por que está me cobrando tanto? Para que precisa de tanto dinheiro?"

Fiquei surpreso. Eu havia tentado incentivá-la com minha pergunta, mas nunca imaginei uma resposta tão ousada daquela mulher ferida, dócil, de fala mansa, que parecia grata por estar em meu consultório.

— Eu... Eu... Estou um tanto aturdido — gaguejei. — Não sei direito como lhe responder. — Parei para organizar meus pensamentos. Tive uma sensação de vergonha, sobretudo ao pensar em como ela penava para vir a meu consultório e se virava para tentar realizar sua grande viagem. Em situações assim, recorro ao meu mantra pessoal: *diga a verdade, diga a verdade, diga a verdade*, desde que seja útil para o paciente. Após uma breve pausa, recompus-me.

— Bem, Ellie, fico constrangido com suas palavras, mas primeiro quero que saiba, *e estou dizendo a verdade*, que fiquei empolgado com sua ousadia agora. E o motivo de meu constrangimento é que você tocou num de meus próprios dilemas pessoais. Meu impulso imediato foi o de me defender, dizendo que meu honorário está na média do que cobram os terapeutas de San Francisco, mas sei que não é isso que você quer ouvir. Meu valor realmente *é* alto, e você está certa ao dizer que *não preciso do dinheiro*. Você está me confrontando com minha própria contradição pessoal sobre dinheiro. Não consigo examinar isso agora, mas quero fazer uma proposta: vou lhe cobrar a metade do valor. Está bem? Isso será mais acessível?

Ellie se mostrou surpresa, assentiu com a cabeça e mudou de assunto. Passou a narrar sua rotina diária e sua dificuldade em lidar com o tempo, que julgava escasso para fazer tudo que desejava, como escrever suas memórias ou lançar um blog. Concordei que aquilo seria um tema a ser abordado caso se tratasse de terapia em longo prazo, mas notei que ela fugiu rapidamente da discussão sobre honorários. Quase sugeri que reexaminássemos nossos sentimentos sobre o que acabara de ocorrer, mas pensei: *calma lá, está exigindo demais dela. Esta é apenas a primeira sessão.*

Ellie consultou o relógio na mesa entre nossos assentos. Nossa hora estava quase no fim. De maneira rápida, ela me fez alguns elogios.

— Foi bom conversar com você hoje. Você me ouve, aceita o que digo. Senti-me à vontade.

— Poderia dizer o que a fez se sentir à vontade?

Ellie parou uns segundos, olhou para o teto e respondeu:

— Creio que seja por causa de sua idade. Acho mais fácil conversar sobre a morte com pessoas mais velhas, talvez porque elas já estejam mais preparadas para pensar sobre a sua própria.

Seu suposto elogio me irritou. Estava certo falar sobre a morte dela, mas teria eu concordado em falar sobre a *minha*? Decidi exprimir meus sentimentos. Afinal, se eu não fosse honesto, não poderia esperar que ela fosse. Selecionei as palavras com cuidado.

— Sei que sua intenção foi boa, Ellie. O que você diz é verdade incontestável: *estou* velho e *tenho* pensado muito sobre minha morte. Mas estou um pouco perplexo com seu comentário. — Pensei por alguns segundos e continuei. — Acho que, no fundo, *não quero ser definido como uma pessoa velha*. Existe um paralelo aqui com o que você disse antes, sobre não querer ser definida como uma paciente com câncer.

Quando o período terminou, ela perguntou se poderíamos nos encontrar para uma segunda sessão. Porém, às sextas-feiras, quando estou em San Francisco, Ellie tinha quimioterapia. Ela também não tinha como ir a meu consultório em Palo Alto, a 56 quilômetros de distância. Quando me ofereci para recomendar outro terapeuta em San Francisco, ela protestou:

— A sessão foi muito proveitosa. Sinto-me animada, como se tivesse sido reapresentada à vida. Sei que no meu e-mail pedi apenas uma ou duas sessões, mas agora... — Ela parou, respirou fundo, organizou seus pensamentos, voltou-se para mim e disse: — Agora quero lhe pedir algo maior. Não quero colocá-lo contra a parede. Sei que talvez você não possa, ou não queira, fazer isso, e sei que nossas agendas não se encaixam bem. Não podemos nos encontrar todas as semanas. — Ela respirou fundo novamente. — Mas queria saber se você estaria disposto a me encontrar até eu morrer.

Disposto a me encontrar até eu morrer? Que pergunta! Nunca ninguém a fizera para mim de maneira tão ousada. Senti-me honrado por seu convite e aceitei.

Em nossa segunda sessão, Ellie entrou em meu consultório com uma pilha de velhas fotos de família; queria me contar tudo. Revirar o passado não era o melhor caminho a tomar. Fiquei pensando se Ellie, tentando me agradar, acreditara que eu queria que me fornecesse um histórico familiar. Enquanto eu buscava um modo diplomático de dizer isso, ela começou a falar de seu amor profundo pela irmã e pelos irmãos. Seus olhos se umedeceram e, quando indaguei sobre o motivo das lágrimas, ela respondeu, soluçando, que era pela dor de nunca mais vê-los. Ao recobrar o controle, continuou:

— Talvez os budistas tenham razão quando dizem que sem apego não há sofrimento.

Impelido a dizer algo, tentei fazer uma distinção entre "amor" e "apego". Sem sucesso. Depois, fiz um elogio sobre sua excelente relação com a família. Ela, porém, dispensou-o, afirmando ter convicção da fidelidade de seus irmãos, que estariam presentes até o fim.

Essa sequência de eventos lembrou-me de um axioma importante da psicoterapia que eu havia aprendido — e esquecido — tantas vezes com pacientes: *a coisa mais valiosa que tenho a oferecer é minha presença. Apenas esteja com ela, pensei. Pare de tentar pensar em algo sábio e inteligente para dizer. Desista de procurar alguma interpretação explosiva que fará toda a diferença. Sua função é oferecer a ela sua plena presença. Confie que ela achará as coisas de que precisa na sessão.*

Pouco depois, Ellie falou sobre o desejo de arrumar um trabalho que lhe proporcionasse renda. Ao descrever os detalhes de sua vida, fui notando como sua situação econômica era complicada. Ela alugava um pequeno apartamento de um quarto numa das áreas mais baratas de San Francisco e tinha uma renda escassa, que não lhe permitia nem pegar um táxi até meu consultório no alto da ladeira. Doente demais para ocupar um cargo remunerado nos últimos dois anos, ganhava alguns dólares como babá e fazendo pequenas revisões para um amigo. Percebi que, mesmo tendo diminuído meu honorário pela metade, dar conta dele era uma sobrecarga em sua vida e ameaçava seu plano de fazer uma grande viagem. Eu torcia para que ela fizesse a viagem e sabia que seria bem mais fácil arcar com tal extravagância se eu a tratasse de graça, mas senti que seu orgulho não a deixaria aceitar essa sugestão. Foi então que me ocorreu uma ideia que poderia deixar Ellie mais à vontade.

Quarenta anos antes, eu tratara de uma paciente muito tímida, também escritora e igualmente incapaz de pagar pela terapia. Eu havia sugerido um esquema experimental em que, como pagamento, ela escreveria um resumo após cada sessão. Eu faria o mesmo. Em algumas semanas, leríamos os resumos um para o outro. Eu considerara o exercício uma ferramenta de aprendizado para ambos — queria que ela aprendesse a ser mais honesta em seus comentários sobre nosso relacionamento e, pessoalmente, queria melhorar como escritor. Mas os resumos se mostraram tão valiosos que publicamos, em parceria, o livro *Cada dia mais perto*. Contei a Ellie sobre esse projeto e propus que ela e eu tentássemos repetir o experimento. Como aquela não seria uma terapia de longo prazo, sugeri que escrevêssemos um resumo de cada sessão e enviássemos por e-mail antes da próxima consulta. Ellie adorou a ideia. Começamos na mesma hora.

Em seu primeiro resumo, Ellie discorreu sobre os problemas de falar aos outros acerca de sua doença:

> "É um alívio conversar com Irv porque ele enfrentou a questão de sua própria morte. Costuma ser difícil falar com os outros sobre meu câncer. Tenho uma série de aborrecimentos. Muita gente é solícita ao extremo, não mede esforços por você. Há aquela enfermeira do Hospital Kaiser que vive perguntando: 'Não há ninguém que possa trazer você de carro até aqui?' E algumas pessoas são muito intrometidas. Acho que são voyeuristas e tentam satisfazer sua curiosidade mórbida sobre ter câncer. Não gosto disso, às vezes tenho vontade de dizer: 'Adquira sua própria doença fatal.'"

Durante nossa sessão seguinte, cometi o erro de dizer que admirava sua coragem, o que provocou uma resposta vigorosa em seu novo resumo:

> "Muitas pessoas são cuidadosas ao extremo e dizem: 'Você é tão corajosa!' Irv caiu nessa armadilha. Afinal, o que há de tão corajoso em ter câncer? Uma vez ele se instalando, o que podemos fazer? O pior de tudo — felizmente, Irv não faz isso, pelo menos por enquanto — é toda essa conversa sobre a luta corajosa do paciente contra o câncer, que com frequência acaba em derrota. Em quantos obituários lemos que fulano de tal perdeu a corajosa batalha contra o câncer? Odeio isso. Odeio com todas as minhas forças. Se alguém puser isso no meu obituário, voltarei para matá-lo."

A saúde de Ellie começou a se deteriorar rapidamente. Sua quimioterapia já não era eficaz, ela ficou anoréxica e precisou ser internada várias vezes para tratar suas ascites, que é o acúmulo de líquido seroso no peritônio. Ficou evidente que o sonho de Ellie de viajar pela Europa não se concretizaria, mas nem ela nem eu falamos mais sobre o assunto. Também não haveria um livro com nossos relatos pós-sessão. Ao fim, encontramo-nos apenas seis vezes, e nossos resumos foram artificiais e pouco inspirados. Embora ela tivesse boa vontade, seu cansaço se manifestava nos textos, que praticamente se resumiam a expressões de gratidão por eu atendê-la sem cobrar. Meus resumos eram cautelosos e artificiais, porque Ellie tinha pouca energia para se envolver com eles. Ela estava morrendo, e eu achava inadequado comentar nuances de nosso relacionamento. Dessa forma, distanciamo-nos e nunca experimentamos o encontro autêntico que eu buscara.

Durante aquele período, eu estava absorvido pela tarefa de terminar meu romance O enigma de Espinosa. Retirei-me por um mês, algo planejado havia muito, período em que excluí todas as outras coisas da mente e trabalhei sem cessar nas páginas finais, até o dia em que fui sacudido pelo e-mail de Ellie contando que parara de comer e beber. Senti-me chocado e culpado. Chocado porque, mesmo sabendo que ela estava em estado terminal, abstraí tudo da mente e tirei umas férias para escrever. Culpado porque sabia que poderia ter lhe oferecido mais, poderia ter feito visitas domiciliares quando ela estava doente demais para se deslocar e poderia tê-la envolvido mais nas sessões e nos resumos que enviei.

Por que não havíamos nos envolvido mais? Minha primeira resposta a essa pergunta foi que Ellie carecia de habilidade para relacionamentos profundos. Afinal, nunca se casara nem mantivera uma ligação amorosa prolongada com alguém. Ela se mudara muitas vezes e tivera muitos colegas, mas poucas amizades reais. Mas não consegui me convencer. Sabia que aquela não era a história completa. Sabia que, por algum razão, eu havia me distanciado dela. Abalado pelo e-mail, senti-me compelido a pôr meu romance de lado por um momento e dedicar-me a Ellie, relendo meticulosamente todos os nossos resumos e correspondências. Foi uma experiência reveladora, pois muitas de suas afirmações me surpreenderam pela sabedoria. Eu *realmente* lera aquelas mensagens antes? Como aquilo pôde acontecer? Por que aquelas palavras comoventes pareciam estranhas, como se eu as estivesse vendo pela primeira vez? Decidi abandonar momentaneamente meu romance e escrever essa recordação dela. Liguei para

Ellie, contei o que planejava fazer e pedi sua permissão. Ela ficou contente e fez apenas um pedido: que eu usasse seu nome real.

Ao examinar seus resumos, surpreendi-me com a frequência com que Ellie escrevia sobre sua ligação comigo. Diversas vezes escreveu que falava mais abertamente comigo do que com qualquer outra pessoa. Vejamos um exemplo de seu quarto resumo:

> "Odeio explicar minha situação a pessoas inexperientes em questões de morte. Irv me deixa à vontade e não teme penetrar nas trevas comigo. Não consigo falar desse modo com os outros. É uma tarefa difícil explicar que meu câncer é incurável. As pessoas sempre perguntam: 'Por quanto tempo você fará quimioterapia?', o que é algo perturbador. Será que não percebem? Não percebem que minha doença *não* desaparecerá? Preciso de pessoas que consigam olhar direto em meus olhos. Irv é bom nisso. Ele não afasta os olhos."

Esses e vários outros comentários semelhantes me persuadiram de que, apesar de minha sensação de não ter me conectado a ela, eu *havia* lhe oferecido algo precioso ao não recuar quando ela falava sobre morte. Quanto mais eu lia, mais me perguntava como fui capaz daquilo.

Costumo refletir melhor quando ando de bicicleta. Por isso, fiz um longo passeio pela costa sul de Kauai. Isso não significava que eu havia superado meu próprio medo da morte. Isso era um trabalho constante e diário.

Quarenta anos atrás, quando comecei a lidar com pacientes com câncer terminal, eu era assomado constantemente por uma ansiedade ao pensar na morte. Para me sentir aliviado, vasculhei em minha mente meu período de residência em psiquiatria e fiquei espantado ao perceber que *em nenhum momento daquelas setecentas horas o tema da morte emergiu.* Meu destino final, o fato mais aterrorizante da vida de qualquer pessoa, nunca havia sido mencionado naquela longa análise pessoal. (Talvez minha analista, naquela época com quase oitenta anos, estivesse se protegendo de sua própria ansiedade diante da morte.) Percebi que, para lidar com pacientes terminais, eu precisava enfrentar meus próprios temores. Recomecei minha terapia com um psicólogo chamado Rollo May, cujos textos indicavam uma forte sensibilidade para questões existenciais.

Não consigo dizer como minha terapia com ele foi útil, mas enfrentei minha morte várias vezes. Rollo era mais velho do que eu. Lembrando-me de nossos encontros, sei que algumas vezes o deixei ansioso. Mas ele nunca recuou; pelo contrário, incitava-me a mergulhar cada vez mais no tema. Talvez o fato de aceitar minha situação existencial, diante de um ouvinte gentil e sensível, tenha feito a diferença. No decorrer dos meses, minha ansiedade diante da morte diminuiu e fui ficando mais à vontade em meu trabalho com pacientes terminais.

Essa experiência de vida me aproximou de Ellie, que gostou da minha honestidade. A negação era inimiga, e ela a evitava de todas as formas. Num de seus relatos, escreveu:

> "Outras pessoas, algumas também com câncer, me dizem: 'Você vai viver trinta anos.' Elas dizem a si próprias: 'Não vou morrer disso.' Até Nancy, do meu grupo de apoio, tão sábia e lúcida, escreveu num e-mail ontem: 'Nossa esperança é sobreviver o bastante para que tratamentos mais eficientes sejam desenvolvidos.' Não é isso, entretanto, que quero ouvir. Essa é uma ideia ilusória. Não importa se vou viver muito ou pouco tempo; o que importa é que estou viva agora. Quero ouvir que existem outras coisas com que me preocupar além de quantos anos vou viver. Quero ouvir que não tenho de dar as costas aos pensamentos sobre sofrimento ou morte, mas que também não tenho de dispensar tempo demais para eles. Quero aceitar que a vida é temporária e, à luz (ou à sombra) desse conhecimento, saber vivê-la. Viver agora. O câncer nos mostra a morte e depois nos devolve para o mundo, para a vida, para todos os prazeres e as doçura, que sentimos bem mais intensamente do que antes. Sabemos que algo foi dado e que algo foi retirado."

"Algo foi dado e algo foi retirado." Eu sabia o que Ellie queria dizer. Foi um pensamento simples mas complexo, um pensamento que precisa ser analisado devagar. O que foi dado é uma nova perspectiva sobre viver a vida, e o que foi retirado é a ilusão da vida ilimitada e a crença em nossa singularidade pessoal nos isentando da lei natural.

Ellie lutou contra a morte munida de um arsenal de ideias livres de negação, ideias tão eficazes que as comparou a remédios contra o câncer:

"Estou viva agora e é isso que importa.
A vida é temporária — sempre, para todos.
Minha tarefa é viver até morrer.
Minha tarefa é aceitar meu corpo por inteiro e me preparar para me separar dele na hora adequada."

Cada uma dessas ideias tinha um ciclo de vida peculiar. Em suas palavras:

"Após um tempo, todas deixam de funcionar, perdem o poder. Ideias são como remédios contra câncer, exceto pelo fato de serem mais resilientes: elas se desgastam, ficam estagnadas por um tempo, como se descansassem, e depois retornam mais forte. Nunca param de surgir."

Muitas vezes, sobretudo no estágio inicial da doença, Ellie sentia inveja das pessoas saudáveis. Sabia que esses sentimentos mesquinhos eram prejudiciais à saúde e lutou para superá-los. No último relato positivo que tive de Ellie, ela dissera: "Não sinto mais inveja. Superei. Hoje em dia, aliás, creio ser uma mulher generosa, talvez uma espécie de *pioneira da morte* para meus amigos. Soa estranho, mas é um pensamento que não perde a força como os outros."

Uma pioneira da morte — que expressão extraordinária! Fez-me retroceder quarenta anos, quando deparei pela primeira vez com essa ideia como terapeuta. Em meu primeiro grupo de pacientes com câncer, esforcei-me ao máximo, semana após semana, para consolar uma mulher muito doente. Não me lembro de seu nome, mas ainda vejo seu rosto desanimado, enrugado, e seus olhos tristes e abatidos. Um dia ela surpreendeu a todos no grupo ao aparecer contente e anunciar: "Tomei uma grande decisão esta semana. Decidi ser um modelo para meus filhos, um modelo de como morrer." De fato, daquele dia em diante, até o dia de sua morte, ela demonstrou virtude e dignidade não apenas aos filhos, mas também aos membros do grupo e a todos que a cercavam. A ideia de aceitar a morte pode ser eficaz para aproveitar a vida. Através dos anos, retransmiti seu *insight* a muitos pacientes, mas a linguagem forte de Ellie ("uma pioneira da morte") deu-lhe ainda mais força. Como disse Nietzsche: "Aquele que tem um porquê para viver pode suportar quase qualquer coisa." Quando Ellie descreveu efeitos positivos de sua doença, não me surpreendi, pois havia ouvido muitos comentários semelhantes de pacientes terminais. Mas, mesmo assim, suas palavras tinham um poder incomum.

> "Para a família e os amigos, sou uma mercadoria rara. E me sinto especial para mim também. Meu tempo parece mais valioso. Tenho uma sensação de importância, gravidade, confiança. Acho que tenho menos medo de morrer do que antes do câncer, mas estou mais preocupada com isso. Não me preocupo em ficar velha. Não esquento a cabeça com o que estou ou não fazendo. Sinto como se tivesse não apenas permissão, mas quase obrigação de me divertir. Adoro o conselho que vi num site sobre câncer: 'Curta cada sanduíche.'"

Ellie nunca perdeu seu surpreendente senso de humor.

> "*Sobre aumentar o astral*
> Nunca ouvi com tanta frequência, de tantas pessoas, que pareço bem. Claro que existe o implícito 'levando em conta que você tem câncer' Será que eu mesma ajo dessa maneira? Será que penso: 'Não fui legal com aquele vendedor rabugento, levando em conta que tenho câncer?' 'Não estou muito animada para alguém com câncer?'

Não consegui fazer muita coisa hoje — a semana inteira, na verdade —, afinal tenho câncer.
Isso é legal, mas estou ficando mimada. Hora de levantar o astral."

Quase todos os comentários de Ellie sobre sua morte eram cativantes. Reli cada um deles diversas vezes, perguntando-me como pude tê-los lido antes e quase não me lembrar deles.

"*Pensamentos de infância sobre a morte*
Como fui uma dessas crianças teimosas, questionei mamãe sobre a morte quando tinha quatro ou cinco anos. Ela falou do céu, mas não adiantou. Quando olhava para o céu, tudo o que eu via era céu. Corri e me escondi atrás da grande poltrona de couro de meu pai, aquela encostada no canto. Achei que, se ficasse ali para sempre, a morte não me acharia.
Os budistas aconselham viver com a morte no ombro esquerdo. Às vezes sinto que ela está sentada nos dois e que toma todo o meu corpo."

Essas palavras eram tocantes demais para terem sido esquecidas. A verdade foi que *não deixei que penetrassem em mim da primeira vez*. Admirei-me com o poder da negação, *minha* negação. Agora eu voltava a ler as palavras de Ellie, mas desta vez com olhos e coração bem abertos. Desta vez, o poder de suas palavras tirou-me o fôlego:

"Minha tarefa é amar meu corpo, todo ele. Inteiramente. Toda a envelhecedora mortal problemática falha milagrosa intricada condenada cancerosa morna mortificante falível esforçada imperfeita bonita aterradora vivente combatente tenra assustada assustadora viva agonizante viva temporária assombrosa desconcertante afligida doente terminal reunião de átomos do universo que é meu eu, sou eu, durante este espaço de tempo. Este corpo que está se estragando.

Que está desenvolvendo tumores terríveis e perigosos. Que não está conseguindo contê-los, destruí-los, dissolvê-los, aniquilá-los. Este corpo que está falhando na função mais essencial da vida: permanecer vivo, permanecer vivo."

Ao saber que seu câncer havia se espalhado, ela escrevera:

"Olhei num espelho e vi um rosto humano, vulnerável, vivo, adorável, transitório. Não examinei minha pele em busca de poros entupidos nem ajeitei minha franja ou formei qualquer opinião sobre minha aparência. Mirei para dentro dos olhos que miravam de volta e pensei, oh, coitadinha, pobre criança. Acho que foi a primeira vez que vi meu rosto assim, íntegro."

Essas frases me levaram às lágrimas. A imagem de Ellie se contemplando no espelho e dizendo "oh, coitadinha, pobre criança" mexeu com meu coração e também despertou meus temores por mim mesmo. A ansiedade diante da morte nunca desaparece, especialmente para aqueles como eu, que continuam sondando o inconsciente. Mesmo após todo aquele trabalho comigo, continuo ocasionalmente despertando às três da madrugada e imaginando cenas em que fico sabendo de meu próprio diagnóstico fatal, ou estou em meu leito de morte, ou imagino a dor de minha esposa.

No entanto, Ellie dissera que estive plenamente presente, plenamente disposto a penetrar nos lugares mais tenebrosos com ela. Eu sabia que era verdade, mas não sabia direito como tinha conseguido. Parte de uma resposta surgiu quando eu monitorava minhas reações enquanto relia essas reflexões escritas num de seus resumos.

"A vida é temporária — sempre, para todos. Sempre carregamos nossa morte em nossos corpos. Mas senti-la, sentir uma morte específica com um nome específico — isso é bem diferente."

Ao ler essas palavras, assenti com a cabeça, concordando com as palavras de Ellie. Mas, quando aumentei o volume e escutei mais de perto, ouvi uma voz abafada das profundezas de minha mente dizendo: *Sim, tudo isto está ótimo, Ellie, mas sejamos francos: você e eu... não somos iguais. Você, pobre coitada, é a pessoa afligida, aquela com o câncer. Sinto muito por você e farei o máximo para ajudá-la. Mas estou saudável, sem câncer. Vivo. Livre do perigo.*

Ellie era uma mulher observadora. Como pôde dizer repetidamente que eu era a única pessoa com quem conseguia se relacionar? Ela disse que eu olhava direto em seus olhos sem me esquivar, que eu contemplava tudo que me dizia.

Que enigma! Ao examinar as mensagens, gradualmente passei a entender. Eu me *aproximei* de Ellie, mas não muito. Eu a tinha culpado por nossa falta de intimidade. Mas *não* era ela o problema. Ellie tinha enorme capacidade para ser íntima. *Eu era o problema*. Eu estava me protegendo.

Estou satisfeito comigo? Não, claro que não. Mas talvez minha negação tenha permitido que eu fizesse meu trabalho. Acredito agora que todos que lidam com os doentes terminais precisam contemplar essas contradições. Precisamos continuamente atuar sobre nós mesmos. Precisamos nos persuadir a ficar conectados e não sermos duros demais conosco por sermos humanos, demasiado humanos.

Recordo meu período com Ellie com muito pesar. Tenho pesar por Ellie, pesar por minha paciente nunca ter vivido de maneira ousada, por ter morrido jovem, e por nunca ter feito aquela grande viagem. Mas agora, ao recordar minha experiência com ela, sinto pesar por mim. Em nossos encontros, fui eu, não Ellie, o ludibriado. Perdi uma oportunidade extraordinária de um encontro mais profundo com uma mulher de grande alma.

CAPÍTULO 9

Três choros

Embora eu a tenha encontrado uma única vez para uma consulta há alguns anos, nossa hora juntos permanece gravada em minha mente. Mulher adorável, entristecida, eloquente, Helena veio falar sobre seu amigo Billy e chorou três vezes durante nossa conversa.

Billy, que morrera três meses antes, pairava sobre sua vida. Seus mundos haviam sido diferentes: ele, badalado no mundo gay de Soho; ela, presa a um casamento burguês há quinze anos. Foram amigos por toda a vida, desde que se conheceram na segunda série, e haviam morado juntos aos vinte e poucos anos numa comunidade do Brooklyn. Ela era pobre; ele, rico. Ela, cautelosa; ele, endiabrado. Ela, desajeitada; ele, esperto e antenado. Louro e bonito, Billy ensinou Helena a andar de motocicleta.

— Certa vez, viajamos de moto por seis meses pela América do Sul com apenas pequenas mochilas nas costas — recordou ela com os olhos marejados. — Aquela viagem foi o melhor momento de minha vida. Billy costumava dizer que precisamos aproveitar o máximo da vida para não nos arrependermos depois. De repente, quatro meses atrás, Billy descobriu um câncer no cérebro e morreu em poucas semanas.

E continuou:

— Semana passada alcancei uma graça na minha vida: passei nos exames estaduais e agora sou uma psicóloga clínica licenciada.

— Parabéns. É uma graça e tanto.

— Mas graças nem sempre são boas.

— Como assim?

— No último fim de semana, meu marido levou nossos dois filhos e seus melhores amigos para acampar. Passei grande parte do tempo pensando sobre essa conquista na minha vida. Fiz faxina, examinei todos os armários, cheios de coisas inúteis, e topei com um velho álbum esquecido de fotos do Billy que eu não via havia anos. Respirei fundo, preparei um drinque, sentei-me no chão e, lentamente, virei as páginas, mas desta vez com uma visão completamente diferente, de terapeuta. Contemplei minha foto favorita de Billy. Estava sentado em sua bicicleta, com a jaqueta de couro aberta, ostentando aquele raro sorriso, saudando-me com uma garrafa de cerveja e chamando para eu ir até ele. Sempre amei essa foto, mas de uma hora para outra me ocorreu a ideia de que Billy tinha transtorno bipolar. Fiquei abismada com o pensamento. Todas aquelas aventuras, as maluquices que fizemos, talvez tudo não passasse de...

Ela começou a chorar, soluçando por alguns minutos. Eu a instiguei:

— Poderia terminar a frase, Helena? Talvez tudo não passasse de...?

Helena continuou chorando, sacudindo a cabeça e pedindo desculpas por consumir minha caixa de lenços de papel. Recompondo-se, ignorou minha pergunta e continuou:

— Foi àquela altura que liguei para marcar uma consulta. O pensamento de que ele poderia ser bipolar foi péssimo, mas depois fiquei ainda pior ao reler meus últimos e-mails com Billy. Ao fim, ele me escreveu uma mensagem linda contando como eu era importante para ele, como considerava nossa amizade, como pensava em mim, mesmo sabendo que morreria em breve. Então...

Helena voltou a chorar e usou mais dos meus lenços de papel.

— Tente continuar, Helena.

— Então, ao olhar o e-mail com mais atenção, percebi que sua mensagem havia sido enviada a mais de cem pessoas — disse ela, entre soluços. — Eu era apenas uma entre 113, para ser exata.

Continuou chorando por mais alguns minutos. Quando se acalmou, eu disse:

— E então, Helena?

— Fui até uma página do álbum que havia esquecido completamente. Colado nela estava um convite para uma das festas que costumávamos dar no Brooklyn. Nasci em 11 de junho; ele, dia 12. Nascemos com poucas horas de diferença e costumávamos celebrar nossos aniversários juntos...

Pela terceira vez, Helena irrompeu em lágrimas.

Esperei alguns segundos e terminei a frase para ela:

— *Nascemos com apenas poucas horas de diferença e agora ele está morto.* Deve ser um pensamento assustador.

— Sim, sim — assentiu Helena com a cabeça, soluçando.

Olhei meu relógio. Ela havia pedido uma única sessão e restavam apenas vinte minutos.

— Helena, vamos nos concentrar nestas últimas lágrimas primeiro: você e Billy com a mesma idade, nascidos com horas de diferença. E agora ele está morto. Conte-me mais sobre o que está pensando.

— É por puro acaso que estou aqui e ele está morto. Poderia ter sido o inverso. Lembro que um dia fomos assistir a corridas de cavalos. Era a primeira vez que eu ia. Fiquei surpresa com o fato de Billy não fazer uma aposta. Quando perguntei o motivo, ele deu uma resposta diferente: disse que já havia consumido sua sorte vencendo na loteria da vida; que, entre milhões de espermatozoides, ele teve a sorte de pegar o bilhete premiado. Apontou para todos os bilhetes não premiados no chão e disse que devia à "loteria da vida" o fato de não jogar fora seu dinheiro nem querer o dos outros, pois preferia usá-lo para viver a vida em sua plenitude.

— E ele fez isso?

— Oh, sim! Com certeza. Nunca conheci ninguém tão vivo, tão destemido, tão exultante pelo simples fato de estar vivo.

— E, se essa centelha de vida brilhante pôde ser extinta, sua própria vida parece precária — disse eu.

Helena olhou para mim, surpresa com minha franqueza.

— Exatamente, exatamente. — Pegou outro punhado de lenços de papel.

— Então suas lágrimas também são por si mesma. A morte dele torna sua própria morte mais viva, mais real. Esta é a primeira vez que você teve tal encontro com a morte?

— Não. Acho que várias vezes, quando criança, o pensamento da morte se abateu sobre mim. Toda vez que eu ia a enterros ficava dormir, pensando sobre estar morta. Também quando meu filho mais velho estava nascendo. Seu primeiro choro mexeu comigo.

— Por quê?

— Porque foi quando notei que a vida tem um começo e avança de forma linear. Sou apenas uma portadora transmitindo-a ao meu filho, que retransmitirá a sua e também morrerá um dia. Acho que me fez ver que temos um tempo certo, e não sou exceção.

— Vou dizer o que está na minha mente — comentei. — É a afirmação de Billy de que devemos viver plenamente. Parece que foi o caso da relação entre vocês dois. Certo?

— Certo.

— Vejo isso em seus olhos. Não sente nenhum remorso daquela época da vida?

— Não.

— Bem, e sua vida *agora* com seu marido e seus filhos?

— Ah, sim. Você não perde tempo. Isso é uma história diferente. É como se eu não vivesse a vida atualmente, como se a adiasse. Estou sobrecarregada de coisas.

— É diferente da sua viagem de motocicleta com Billy. Seis meses na América do Sul apenas com uma mochila nas costas.

— Aquilo foi o paraíso. Agora estou casada. Eu o amo, mas gostaria de não estar tão sobrecarregada. Gostaria de poder andar por aí apenas com uma mochila nas costas. Às vezes imagino uma gigantesca escavadeira furando meu telhado e enchendo sua mandíbula com nossas coisas: TV, DVD, sofá, lavadora de louças... Quando ela está prestes a ir embora, vejo espreguiçadeiras de lona listradas pendendo de seus "dentes".

— Fale-me mais de seus pesares sobre a vida nos últimos anos.

— Eu não a valorizei, não a vivi como deveria. Talvez me detivesse demais na ideia de que a *vida real* estava lá no passado, com Billy.

— E essa crença torna ainda mais difícil aceitar sua *própria* morte. É sempre mais doloroso pensar na morte quando se sente que não viveu plenamente.

Helena concordou com a cabeça. Eu contava com sua atenção agora.

— Você chorou quando soube que ele enviou um e-mail de despedida a mais de cem pessoas. Falemos mais sobre isso.

— Não me senti mais especial. Éramos tão íntimos antes, tão íntimos...

— Você teve bastante contato com ele ultimamente?

— Não nos últimos anos. Não desde que me mudei para o Oregon, uns dez anos atrás. Morávamos em costas opostas; eu o via uma ou duas vezes ao ano, no máximo.

— Imagino que Billy tenha entrado em desespero e resolvido escrever para todos que conhecia. Parece compreensível — ponderei. — Mas isso não quer dizer que a relação dele com você fosse menos importante.

— Sim, sei disso. Nem todo ato é necessariamente uma mensagem sobre o relacionamento.

— É ainda *mais* improvável que seja uma mensagem sobre a legitimidade de seu relacionamento com Billy há alguns anos. Relacionamentos terminam, mas isso não apaga o que foram. Isso me faz lembrar a primeira vez que você chorou aqui, ao falar de sua percepção de que Billy era bipolar. Tente imaginar o que suas lágrimas estavam dizendo.

— Hoje parece claro para mim. Ele era elétrico, não parava nunca. *Como posso não ter percebido? É inacreditável.*

— Mas por que isso a abalou tanto?

— Acho que colocou em dúvida toda a minha noção de realidade. O que eu costumava considerar o auge de minha vida, o centro empolgante e brilhante, a época em que eu e ele estávamos mais vivos... *Nada foi real.* Agora percebo que tudo não passou de conversa.

— Entendo quão desestabilizada você deve se sentir agora, Helena. Todos esses anos você viu sua vida de uma forma e, agora, se defronta com uma versão nova e diferente da realidade. Ver o passado mudando diante de seus olhos é um choque.

— Exatamente. Estou aturdida.

— Existe também algo muito triste em seus comentários, Helena. É triste como Billy, esse homem vital, precioso, esse amigo constante, foi reduzido a um diagnóstico. E toda a sua juventude com ele, todas aquelas experiências empolgantes, também reduzidas a uma bipolaridade. Talvez ele tivesse alguma mania, mas, pelo que você me conta, ele parece muito mais do que apenas esse rótulo.

— Eu sei, eu sei, mas não consigo ir além disso agora.

— Quando você disse que toda a sua vida com ele não passou de uma farsa, estremeci um pouco. Imaginei aplicar essa abordagem "não passou de" ao que está ocorrendo agora entre nós dois. Acredito que alguém poderia dizer que isso *não passa de* uma transação comercial e que estou sendo pago para ouvir e responder a você. Ou talvez poderia ser dito que gosto de me sentir mais forte e eficaz ajudando-a a se sentir melhor. Ou que o sentido de minha vida é ajudá-la a obter sentido para a sua. Todas essas coisas podem ser verdadeiras, mas dizer que a terapia "não passa de" uma dessas coisas está muito longe da verdade. Sinto que você e eu encontramos um ao outro, que algo real está ocorrendo entre nós, que você está compartilhando muita coisa comigo e que estou comovido e envolvido por suas palavras. Não quero que nossa relação, nem a sua com Billy, seja reduzida. Gosto de vê-la contente ao comentar sobre o raro sorriso de Billy na fotografia. Invejo sua viagem de motocicleta pela América do Sul, e o fato de você se privar de tudo isso me entristece.

Encerramos a sessão cansados e esclarecidos. Ela poderia recuperar seu passado e valorizar sua vida com ele, e eu adquirira uma perspectiva nova sobre minha velha aversão a diagnósticos. Durante minha formação como analista, muitas vezes achei as categorias oficiais de diagnóstico problemáticas. Em estudos de casos, muitos dos consultores discordavam do diagnóstico apropriado do paciente apresentado, e acabei percebendo que as discordâncias geralmente advinham não de erros dos médicos, mas de problemas intrínsecos à atividade do diagnóstico. Durante minha gestão como chefe da enfermaria do Hospital de Stanford, eu dependia do diagnóstico para tomar decisões sobre o tratamento farmacológico mais eficaz. Mas em meu consultório de psicoterapia, nos últimos quarenta anos, com pacientes com transtornos menos graves, passei a julgar o processo de diagnóstico irrelevante e a acreditar que as condições por que nós precisamos passar para atender às exigências de diagnósticos precisos dos planos de saúde são prejudiciais ao terapeuta e ao paciente. No procedimento de diagnóstico, não somos fiéis à realidade. As categorias de diagnóstico são inventadas e arbitrárias, são o produto do voto de comissões e passam por profundas revisões a cada década.

Meu encontro com Helena, contudo, mostrou que a tarefa de dar um diagnóstico formal é mais do que um simples incômodo. Pode, na verdade, *impedir* nosso trabalho, ocultando, ou mesmo negando, o indivíduo de corpo inteiro, multidimensional, diante de nós. Billy foi uma vítima desse processo, e fiquei contente por devolvê-lo à sua antiga complexidade e exuberância.

CAPÍTULO 10
Criaturas de um dia

Jarod adentrou meu consultório e foi direto para seu assento, sem me cumprimentar. Preparei-me para ouvi-lo.

Enquanto olhava, pela janela, para os canteiros de glicínias, ele disse:

— Irv, tenho uma confissão a fazer.

Hesitou por um momento, virou o rosto para me encarar diretamente e disse:

— Esta mulher, Alicia... Lembra que falei sobre ela?

— Alicia? Falamos muito sobre Marie, mas não me lembro de Alicia. Refresque minha memória.

— Bem, existe esta outra mulher: Alicia. O problema é que ela também pensa que vou me casar com ela.

— Estou perdido, Jarod. Fale-me mais sobre isso.

— Ontem de tarde, quando Marie e eu nos encontramos para nossa terapia de casal com sua Kathryn, o bicho pegou. Marie abriu a bolsa e pegou uma pilha bem grande de e-mails impressos, incriminadores, em que Alicia e eu discutimos o casamento. Então, decidi que seria melhor confessar aqui hoje. Melhor você ouvir isso de mim do que de Kathryn, a menos que já tenha conversado com ela.

Fiquei aturdido. Jarod, um dermatologista de 32 anos, costumava usar as sessões para falar de seu relacionamento com Marie, sua parceira nos últimos nove meses. Embora alegasse amá-la, hesitava em se comprometer:

— Por que eu deveria sacrificar minha *única vida*? — disse ele mais de uma vez.

Até então, minha impressão era a de que a terapia vinha avançando de forma lenta, mas constante. Jarod estudara filosofia e me procurou porque havia lido alguns de meus romances filosóficos e teve certeza de que eu seria o terapeuta certo para ele. Nos primeiros meses de nosso trabalho conjunto, resistiu à terapia, tentando me envolver em discussões filosóficas abstratas. Contudo, ultimamente, a resistência diminuiu e ele tem compartilhado mais seus sentimentos. Mesmo assim, a questão mais premente de Jarod, seu relacionamento problemático com Marie, permanecia inalterada. Sabendo que era inútil tentar lidar com problemas de casal no ambiente da terapia individual, eu havia sugerido, algumas semanas antes, que ele e Marie procurassem a excelente terapeuta de casais Kathryn Foster, a quem ele, sem mais nem menos, se referiu como "minha Kathryn".

Como reagir à confissão de Jarod? Diversos fatos se destacavam: sua crise com Marie, ter levado duas mulheres a crer que se casariam com ele, sua reação à violação de sua conta de e-mail por Marie, seu comentário sobre "minha Kathryn" e as fantasias subjacentes. Mas tudo isso teria de ser deixado para depois. Minha tarefa básica naquele momento era prestar atenção ao nosso relacionamento terapêutico.

— Jarod, vamos explorar seu primeiro comentário, sua afirmação de que precisava fazer uma confissão. Você omitiu algumas coisas importantes da nossa terapia, coisas que está mencionando hoje apenas por temer que eu saiba pela Kathryn. A "minha Kathryn".

Eu não deveria ter acrescentado esta última parte. Sabia que nos desviaria, mas escapou.

— Desculpe-me pela brincadeira sobre Kathryn. Não sei de onde veio.

— Alguma pista?

— Não sei direito. Acho que é porque você parecia fã dela e muito efusivo ao elogiar suas habilidades. Além disso, ela *é* linda.

— Então você achou que houvesse algo entre mim e Kathryn?

— Bem, não exatamente. Em primeiro lugar, *existe* uma grande diferença de idade. Você disse que ela foi sua aluna uns trinta anos atrás. Fiz uma pesquisa na internet e descobri que ela está casada com um analista, outro ex-aluno seu. Para falar a verdade, Irv, nem sei *por que* eu disse aquilo.

— Talvez você desejasse que nós dois estivéssemos numa situação parecida, envolvidos num caso problemático.

— Isso é absurdo.

— Absurdo?

— Sim — Jarod fez um sinal afirmativo para si mesmo algumas vezes. — Absurdo, mas provavelmente verdade. Admito que, quando entrei hoje, senti-me vulnerável e abandonado.

— Então você queria companhia? Queria que fôssemos colegas de conspiração?

— Acho que sim. Faz sentido. Faz sentido se formos psicóticos. Meu Deus, isso é constrangedor! Sinto como se tivesse dez anos.

— Sei que isso é desagradável, Jarod, mas tente continuar. Fiquei impressionado com sua palavra "confissão". O que ela revela sobre mim e você?

— Bem, revela algo sobre culpa, sobre algo que fiz e odeio admitir. Evito contar qualquer coisa que possa manchar sua visão acerca de mim. Tenho muito respeito por você. Quero muito que continue tendo certa... *imagem* de mim.

— Que tipo de imagem? O que você quer que Irv Yalom pense sobre Jarod Halsey? Pare um momento e evoque uma cena na qual eu esteja atento à sua imagem.

— O quê? Não consigo. — Jarod fez uma careta e um sinal negativo com a cabeça, como que para se livrar de um gosto ruim. — De qualquer modo, o que estamos fazendo agora? Tudo isso me parece fora de propósito. Por que não estamos conversando sobre o importante: meus apuros com Alicia e Marie?

— Isso também, em breve. Mas atenda ao meu pedido por um momento. Continuemos nossa discussão sobre a imagem que tenho de você.

— Sinto uma relutância. É aquilo que vocês chamam de "resistência"?

— Sem dúvida. Sei que isso parece arriscado, mas lembra quando contei, em nosso primeiro encontro, que é importante correr um risco a cada sessão? Agora chegou a hora. Tente arriscar.

Jarod fechou os olhos e voltou o rosto para o teto.

— Tudo bem. Vejo você neste consultório sentado ali — ele se virou e, com olhos ainda fechados, apontou na direção de minha escrivaninha, no lado oposto de meu consultório. — Você está escrevendo e, por alguma razão, minha imagem flui para sua mente. É isso que você quer?

— Exatamente. Não pare.

— Você fecha os olhos, vê meu rosto em sua mente e dá uma longa olhada para ele.

— Ótimo. Continue. E agora imagine meus pensamentos ao olhar para seu rosto.

— Você pensa: *Ah, ali está Jarod. Eu vejo...* — Ele pareceu mais relaxado ao fantasiar. — *Sim, aquele Jarod, que sujeito legal! Tão inteligente, tão culto! Um homem jovem com perspectivas ilimitadas. E muito profundo, com bastante pendor filosófico.*

— Continue. Em que mais estou pensando?

— Você está pensando: *Que caráter ele tem, que integridade... Um dos melhores e mais brilhantes homens que já vi, um homem a ser lembrado.* Esse tipo de coisa.

— Diga-me mais sobre a importância de eu ter essa imagem de você.

— É de *suma* importância.

— Parece que eu ter essa imagem sobre você é mais importante do que ajudá-lo a mudar, que, afinal, é o propósito de nossos encontros.

Jarod balançou a cabeça, resignado:

— Depois do que ocorreu hoje, fica bem difícil refutar isso.

— Se você esconde informações cruciais de mim, como no seu relacionamento com Alicia, *deve* ser isso mesmo.

— Acredite: minha posição é muito clara.

Jarod afundou em seu assento e ficamos sentados, em silêncio.

— Diga-me o que está passando por sua mente.

— Vergonha, principalmente. Tive vergonha de admitir que poderia não me casar com Marie mesmo nos esforçando tanto, após o diagnóstico de câncer e a mastectomia dela.

— Continue.

— Que tipo de idiota deixa uma mulher que tem câncer? Que tipo de homem trai e abandona uma mulher porque ela perdeu um dos seios? Tenho vergonha. Para piorar, sou médico. Eu deveria cuidar das pessoas.

Comecei a sentir pesar por Jarod e detectei um impulso de protegê-lo da ira de suas autoacusações. Quis lembrá-lo de que seu relacionamento com Marie era complicado bem antes do diagnóstico de câncer, mas ele estava em tamanha crise decisória que temi dizer algo que pudesse ser interpretado como conselho. Conheci muitos pacientes em estados que instigam os outros, inclusive o terapeuta, a tomar decisões por eles. Pareceu-me provável que Jarod estivesse incitando Marie a tomar a decisão de romper o relacionamento. Afinal, como ela descobriu aquelas mensagens de e-mail? Ele deve, inconscientemente, ter sido conivente com Marie; caso contrário, teria jogado fora e deletado aquela correspondência.

— E Alicia? — perguntei. — Poderia me informar sobre você e ela?

— Conheci-a faz poucos meses. Na academia.

— E...?

— Tenho saído com ela algumas vezes na semana, durante o dia.

— Poderia me dar um pouco menos de informação?

Perplexo, Jarod olhou para mim, notou meu sorriso e retribuiu.

— Eu sei, eu sei...

— Você deve se sentir ansioso. É uma situação incômoda e dolorosa. Você vem me pedir ajuda, mas reluta em falar abertamente.

— "Relutar" é dourar a pílula. Eu *odeio* falar sobre isso.

— Por influenciar a imagem que terei de você?

— Sim.

Refleti sobre as palavras de Jarod por uns momentos e escolhi uma estratégia não ortodoxa, que raramente usei no decorrer da terapia.

— Jarod, tenho lido Marco Aurélio recentemente e gostaria de ler para você algumas passagens que parecem pertinentes à nossa discussão. Conhece sua obra?

Os olhos de Jarod imediatamente se encheram de interesse. Ele gostou daquela trégua.

— Conhecia. Li *Meditações* na época da faculdade. Estudei filologia clássica por um tempo. Mas não voltei a lê-lo depois.

Fui até minha escrivaninha para apanhar meu exemplar de *Meditações de Marco Aurélio* e comecei a folhear as páginas. Nos últimos dias eu tinha lido e marcado passagens por conta de uma interação incomum com outro paciente, Andrew. Em nossa sessão na semana anterior, Andrew expressara, como várias vezes antes, sua angústia por passar a vida numa profissão sem sentido. Trabalhava como diretor de publicidade, era muito bem-remunerado e odiava metas absurdas, como vender Rolls Royce para mulheres de vestidos de festa da Galliano. Mas sentia que não tinha outra opção: com enfisema avançado ameaçando encurtar seu tempo de trabalho produtivo, precisava da renda para pagar a faculdade de seus quatro filhos e cuidar dos pais doentes. Surpreendi-me ao sugerir a Andrew que lesse *Meditações de Marco Aurélio*. Eu não lia Marco Aurélio havia anos, mas lembrei que ele e Andrew tinham algo em comum: Marco Aurélio também fora forçado a uma profissão que não escolheu. Teria preferido ser filósofo, mas era o filho adotivo de um imperador romano e acabou sendo escolhido para suceder ao pai. Assim, em vez de uma vida de reflexão e aprendizado, passou grande parte da vida como imperador, travando guerras para proteger as fronteiras do Império Romano. Todavia, para manter seu equilíbrio, Marco Aurélio ditou suas meditações filosóficas para um escravo grego, que as anotou num diário apenas para o imperador.

Após aquela sessão, ocorreu-me que Andrew era tão diligente que faria, sem dúvida, uma leitura atenta de Marco Aurélio. Portanto, eu teria de me familiarizar de novo com as *Meditações*, de modo que passara grande parte do meu tempo livre na semana anterior saboreando as palavras poderosas e pungentes daquele imperador romano do século II e me preparando para o próximo encontro com Andrew, que eu veria pouco depois de Jarod.

Aquilo tudo estava no fundo de minha mente quando me encontrei com Jarod. Enquanto ele falava do desejo de que sua imagem tremulasse para sempre em meu cérebro, persuadi-me de que ele também poderia se transformar, com algumas das ideias de Marco Aurélio. Ao mesmo tempo, duvidei de minhas próprias inclinações. Eu havia, em muitas ocasiões, observado que, sempre que lia um dos grandes filósofos, percebia sua aplicação a muitos de meus pacientes e não resistia a citar algumas ideias e passagens com que havia deparado. Às vezes aquilo era útil, mas com frequência não era. Enquanto Jarod aguardava, um tanto impaciente, examinei os trechos que havia realçado.

— Isso levará só alguns minutos, Jarod. Estou certo de que há passagens aqui que serão úteis para você. Ah, aqui está uma: "Em breve você terá esquecido todas as coisas e todas as coisas o terão esquecido você." E aqui está aquela em que eu estava pensando.

Li em voz alta enquanto Jarod fechava os olhos, aparentemente em profunda concentração:

— "Somos todos criaturas de um dia, tanto os que lembram quanto os que são lembrados. Tudo é efêmero, tanto a lembrança quanto o objeto da lembrança. Em breve você terá esquecido o mundo e o mundo o terá esquecido. Nunca esqueça que logo você não será ninguém nem estará em lugar algum."

— E esta aqui também: "Rapidamente a memória de todas as coisas é enterrada no abismo da eternidade."

Fechei o livro.

— Algumas delas lhe dizem alguma coisa?

— Qual é a que começa com "Somos todos criaturas de um dia"?

Reabri o livro e voltei a ler:

— "Somos todos criaturas de um dia, tanto os que lembram quanto os que são lembrados. Tudo é efêmero, tanto a lembrança quanto o objeto da lembrança. Em breve você terá esquecido o mundo e o mundo o terá esquecido. Nunca esqueça que logo você não será ninguém nem estará em lugar algum."

— Não sei por quê, mas esta me deixou arrepiado — disse Jarod.

Bingo! Eu estava encantando. Era justamente o que eu esperava. Aquela foi uma intervenção feliz.

— Jarod, ponha os outros pensamentos de lado e concentre-se naquele arrepio. Dê-lhe uma voz.

Jarod fechou os olhos e pareceu afundar num devaneio. Após alguns momentos de silêncio, voltei a instigá-lo:

— Reflita sobre este pensamento: *Somos todos criaturas de um dia, tanto os que lembram quanto os que são lembrados.*

Lentamente, Jarod, com olhos ainda fechados, respondeu:

— Tenho uma lembrança cristalina de meu primeiro contato com Marco Aurélio. Estava na aula do professor Jonathan Hall, no segundo ano, em Dartmouth. Ele indagou sobre minhas reações à primeira parte das *Meditações* e fiz uma pergunta que o surpreendeu e interessou: "Qual era o público visado por Marco Aurélio?" Dizem que ele nunca pretendeu que lessem suas palavras e que elas expressavam coisas que ele já sabia. Portanto, *para quem exatamente estava escrevendo?* Lembro que minha pergunta provocou uma longa e interessante discussão em classe.

Jarod sempre tenta me envolver em discussões interessantes, mas que fogem ao tema. Estava tentando embelezar a imagem que eu fazia dele. Mas, pelo tempo de terapia com ele, descobri que era melhor não o desafiar naqueles momentos, e sim abordar sua pergunta diretamente e depois guiá-lo de volta ao problema.

— Ao que me consta, os estudiosos sentiram que Marco Aurélio estava repetindo aquelas frases para si, basicamente como um exercício diário para reforçar sua resolução e exortar-se a viver uma vida digna.

Jarod assentiu com a cabeça. Sua linguagem corporal indicava satisfação, e continuei:

— Mas retornemos às passagens específicas que citei. Você disse que ficou tocado por aquela que começava: "Somos todos criaturas de um dia, tanto os que lembram quanto os que são lembrados."

— Eu disse que fiquei tocado? Talvez tenha dito, mas por algum motivo me deixa indiferente agora. Honestamente, neste instante, para dizer a verdade, não sei *como* se aplica a mim.

— Talvez eu possa ajudar lembrando o contexto para você. Vejamos: dez, quinze minutos atrás, quando você descreveu a importância de eu ter certa imagem a respeito de você, ocorreu-me que certas afirmações de Marco Aurélio poderiam ser esclarecedoras.

— Mas como?

Jarod parecia estranhamente obtuso naquele dia; de modo geral, tinha uma mente bem ágil. Pensei em comentar sua resistência, mas desisti porque estava certo de que ele viria com uma refutação inteligente e aquilo nos retardaria. Continuei tentando avançar.

— Você dá grande importância à imagem que tenho de você, portanto deixe-me ler o início de novo: "Somos todos criaturas de um dia, tanto os que lembram quanto os que são lembrados."

Jarod balançou a cabeça em negativa.

— Sei que está tentando ser prestativo, mas essas citações pomposas parecem fora de propósito. E são lúgubres e niilistas. *Claro* que somos criaturas de um dia. *Claro* que tudo passa num instante. *Claro* que desaparecemos sem deixar traços. Tudo isso é bem óbvio. Quem é que pode negar? Mas em que isso ajuda?

— Mantenha em mente a frase "em breve o mundo o terá esquecido" e justaponha-a à grande importância que você dá à persistência de sua imagem em minha mente de 81 anos.

— Mas, Irv, com todo o respeito, você não está oferecendo um argumento coerente...

Eu conseguia ver os olhos de Jarod resplandecendo ante a perspectiva de um debate intelectual. Ele estava na sua melhor forma enquanto prosseguia:

— Olha, não estou discutindo com você. Aceito que tudo é efêmero. Não tenho a pretensão de ser especial ou imortal. Eu sei, como Marco Aurélio, que uma imensidão de tempo decorreu antes de eu existir e que imensidões prosseguirão depois que eu morrer. Mas o que isso tem a ver com meu desejo de que alguém que respeito, em outras palavras, *você*, pense bem sobre mim durante meu breve tempo de vida?

Que mancada ter tentado aquilo! Eu podia ouvir os minutos tiquetaqueando. A discussão vinha consumindo toda a sessão e eu me sentia pressionado a salvar uma parte de nossa hora juntos. Sempre ensino aos meus alunos que, quando se está em apuros numa sessão, deve-se apelar para a "verificação do processo", que consiste em interromper a ação e explorar o relacionamento entre analista e paciente. Segui meu próprio conselho.

— Jarod, podemos parar por um momento e voltar nossa atenção ao que está ocorrendo entre nós dois? Como se sente em relação aos últimos quinze minutos?

— Acho que estamos de vento em popa. Esta é a sessão mais interessante que tivemos em muito tempo.

— Você e eu compartilhamos um prazer no debate intelectual, mas não sei se estou sendo útil para você hoje. Eu esperava que algumas dessas citações lançassem luz sobre a importância de eu ter uma imagem positiva de você, mas agora concordo: essa ideia foi temerária. Sugiro que a abandonemos e usemos o pouco tempo que nos resta para abordar a crise que você está enfrentando com Marie e Alicia.

— Não concordo que tenha sido temerária. Acho que você acertou. Só que estou perturbado demais para pensar direito.

— Mesmo assim, vamos voltar à situação entre você e Marie.

— Não sei direito o *que* Marie vai fazer. Tudo isso ocorreu esta manhã, e logo após a sessão ela teve de voltar a uma reunião de pesquisa no laboratório. Pelo menos é o que ela alega. Às vezes acho que ela inventa desculpas para não falar.

— Mas me diga: o que você *quer* que aconteça entre vocês dois?

— Acho que não depende de mim. Após o que acabou de ocorrer, a decisão agora é *dela*.

— Talvez você não *queira* que seja sua decisão. Eis um experimento imaginário: diga-me, se *dependesse* de você, o que *você gostaria* que acontecesse?

— Não sei.

Jarod balançou lentamente a cabeça em negativa e ficamos sentados, em silêncio, nos últimos minutos da sessão.

Ao nos prepararmos para encerrar, comentei:

— Quero destacar estes últimos momentos. Mantenha-os em mente. Minha pergunta é: *O que significa você não saber o que quer para si?* Comecemos por esta pergunta na próxima sessão. E, Jarod, eis mais um pensamento para refletir esta semana: tenho um palpite de que existe uma ligação, talvez uma ligação poderosa, entre você não saber o que quer e seu desejo de sua imagem persistir na minha mente.

Quando Jarod se levantou para partir, acrescentei:

— Há muita coisa acontecendo com você agora, Jarod, e não sei se fui útil. Caso se sinta pressionado, ligue para mim e acharemos um horário para nos encontrarmos de novo esta semana.

Eu não estava satisfeito comigo. Em certo sentido, a confusão de Jarod era compreensível. Ele me procurou em apuros e reagi tornando-me professoral, pomposo e lendo para ele passagens herméticas de um filósofo do século II. Foi um erro amador. O que eu estava esperando? Que a simples leitura das palavras de Marco Aurélio iria magicamente iluminá-lo e fazê-lo mudar? Que ele perceberia que era *sua* autoimagem, seu *amor-próprio*, que importavam, não a imagem que eu tenho dele? Eu estava frustrado comigo, convicto de que ele deixara meu consultório mais confuso do que quando entrara.

★ ★ ★

Tive uma pausa de uma hora e meia antes de minha sessão com Andrew. Pus de lado meus pensamentos sobre Jarod, a fim de ler o máximo possível de Marco Aurélio. Quanto mais eu lia, mais perturbado eu ficava, pois não encontrava nenhuma menção do autor que expressasse descontentamento com suas funções reais e seu desejo de ser filósofo. No entanto, a razão pela qual havia sugerido que Andrew lesse *Meditações* era que ele e Marco Aurélio compartilhavam a frustração de estarem presos a um papel que não queriam. Comecei a temer nosso encontro: a perspectiva de mais um fiasco com Marco Aurélio me assustava. Minha única esperança era que Andrew, ocupado demais para levar minha sugestão a sério, tivesse esquecido tudo sobre o autor.

Isso, entretanto, não ocorreria. Quando Andrew adentrou, animado, meu consultório, vi em suas mãos um exemplar, com várias páginas marcadas, de Marco Aurélio. Desanimei. Preparei-me para a peleja enquanto Andrew se sentava. Ele começou imediatamente:

— Irv, este livro mudou minha vida. Obrigado, obrigado, obrigado. Não consigo achar palavras para expressar minha gratidão. Deixe-me contar o que aconteceu depois de nossa última sessão. Após deixar seu consultório, parei na livraria City Lights e comprei um exemplar de *Meditações*. Na manhã seguinte, peguei um voo rumo a Nova York para tentar conquistar, para nossa empresa, a conta de uma enorme rede de *resorts*. À noite, fiz uma excelente apresentação. Na manhã seguinte, quando estava pegando o avião de volta para casa, recebi um e-mail de nosso novo e jovem diretor, que esteve presente à minha palestra. Ele me lembrou de alguns outros pontos importantes que eu poderia ter mencionado. Perdi o controle e, antes da decolagem, mandei de volta um e-mail dizendo que ele não entendia merda nenhuma daquele assunto e que estava livre para procurar alguém capaz de cumprir melhor minha tarefa. Furioso, acomodei-me no meu assento, acalmei-me aos poucos e passei o voo inteiro lendo Marco Aurélio. Cinco horas e meia depois, saltei do avião outro homem. Quando reli o e-mail do diretor, vi-o de forma bem diferente: tratava-se basicamente de uma carta positiva na qual ele dava algumas sugestões para minha próxima palestra. Liguei para ele, pedi desculpas, agradeci pelas sugestões e agora temos um ótimo relacionamento.

— Uma história maravilhosa, Andrew. Voltemos para Marco Aurélio. Como o livro fez tamanha diferença?

Andrew folheou as páginas cheias de trechos sublinhados e disse:

— Todo o livro é puro ouro, mas a passagem específica que me chamou a atenção está na quarta parte: "Suprima a opinião e estará suprimida a queixa 'fui prejudicado'; suprima a queixa e estará suprimido o prejuízo."

— Não me recordo desta passagem. Poderia repetir para mim e contar como foi útil?

— "Suprima a opinião e estará suprimida a queixa 'fui prejudicado'; suprima a queixa e estará suprimido o prejuízo." Esse é um conceito básico para os estoicos. Venho estudando o texto de perto; ele faz a mesma afirmação em termos diferentes várias vezes. Por exemplo, na 12ª parte, escreve: "Abandone o julgamento e estará salvo. E quem há de impedir esse abandono?" Poucas frases depois, eis uma que adoro: "Tudo é feito pelo pensamento, portanto controle seu pensamento. Remova seus julgamentos sempre que desejar e terá paz, como quando o marinheiro contorna o litoral e encontra águas tranquilas e o abrigo de uma baía sem ondas."

Andrew fez uma pequena pausa e continuou:

— O que ele me ensina é que apenas suas próprias percepções podem prejudicá-lo. Mude suas percepções e eliminará o mal. Nada de fora pode prejudicá-lo, porque *você só pode ser prejudicado por seu próprio vício*. A única forma de reagir a um inimigo é não ser como ele. Talvez isso seja simples, mas é um *insight* revolucionário para mim. Vou dar um exemplo. Ontem, minha mulher estava estressada e me atormentou sem parar porque sumi com um livro de que ela precisava. Senti uma raiva imensa e me lembrei das palavras de Marco Aurélio: "Remova o julgamento 'fui prejudicado' e o prejuízo será removido." Pensei em todo o estresse que minha mulher sofria: uma crise no trabalho, um pai agonizante, conflitos com nossos filhos... Instintivamente, a raiva sumiu e senti uma enorme compaixão por minha mulher, navegando pelas "águas tranquilas" de uma "baía sem ondas".

Era um prazer estar com Andrew. Ao ensinar a si mesmo, ensinava também a mim. Era um contraste com a incômoda sessão com Jarod. Enquanto Andrew falava, reclinei-me e deleitei-me com suas palavras e as de Marco Aurélio.

— Deixe-me contar outra coisa que aprendi — continuou Andrew. — Li um monte de filosofia no passado, mas agora percebo que lia pelos motivos errados. Li por vaidade, para mostrar conhecimento aos outros. Esta é a primeira experiência autêntica que tive com filosofia, minha primeira percepção de que aqueles velhos sábios tinham algo importante a dizer sobre a vida, sobre *minha* vida neste momento.

Terminei a sessão cheio de humildade e espanto. Aquela experiência reveladora fugaz que eu perseguira em minha hora com Jarod havia se concretizado na minha interação com Andrew.

Fiquei sem notícias de Jarod por uma semana e não sabia o que esperar em nossa próxima sessão. Ele chegou na hora certa, cumprimentou-me e começou a falar imediatamente:

— Tenho muito a contar. Quase liguei para você várias vezes, mas consegui sobreviver sozinho. Várias coisas aconteceram. Marie foi embora. Deixou um bilhete com apenas uma frase: "Preciso de espaço para descobrir meu caminho e ficarei na casa de minha irmã." Lembra que da última vez você perguntou como eu me sentiria se ela tomasse a decisão de ir embora? Bem, esse experimento agora foi realizado, e posso dizer que não me sinto à vontade.

— O que você *sente*?

— Na maior parte do tempo, tristeza. Por nós dois. E sinto-me inquieto e agitado. Depois que li o bilhete, não sabia o que fazer. Sabia apenas que precisava sair do apartamento. Marie estava presente por todas as partes. Perguntei a um amigo se poderia ficar em sua casinha de veraneio, em Muir Beach, fiz a mala e passei um fim de semana de três dias com seu Marco.

— Com *meu* Marco? Que surpresa! E...? Como foi o fim de semana para você?

— *Ótimo.* Desculpe-me por semana passada. Sinto muito. Eu estava indiferente e fechado.

— Você estava em estado de choque semana passada e eu estava a toda. Você diz que o fim de semana foi *ótimo*?

— Sim. No momento foi assustador. O fato de estar sozinho foi algo incomum. Acho que nunca passei tanto tempo sozinho não fazendo nada além de pensar sobre mim.

— Conte-me a respeito.

— Acho que estava em busca de um retiro despojado, algo como Thoreau em Walden, embora eu tenha lido em algum lugar que sua mãe levava-lhe almoços e cuidava de sua roupa suja. Mas em busca de um retiro real. Fiz um sacrifício. Fui lá desnudo: sem celular, sem computador. Fiz o *download*, imprimi *Meditações* antes de partir e pedi a meus colegas que recebessem todas as ligações de meus pacientes, embora, como você deve saber, dermatologistas recebam poucas emergências, um dos motivos pelos quais escolhi essa área. Senti-me estranho sem internet. Se eu queria saber sobre o tempo, tinha de colocar a cabeça para fora da janela. Fiquei totalmente isolado por três dias, somente lendo *Meditações*. Além disso, refleti sobre a relação entre não saber o que quero e o desejo de minha imagem persistir em sua mente. Dediquei muito tempo a isso.

Ah, sim, aquele experimento imaginário. Eu o esquecera completamente, embora não quisesse admitir.

— Então, onde está em seu pensamento sobre esse experimento?

— Acho que encontrei uma solução. Estou certo de que você estava insinuando que me falta um eu, que *estou me procurando em você*, que meu vazio torna impossível identificar minhas necessidades e meus desejos e que foi por *isso* que não quis ou não consegui tomar uma decisão sobre Marie, forçando-a a decidir.

Fiquei atônito, boquiaberto. Por vários momentos, limitei-me a olhar para o rosto de Jarod. Eu conhecia mesmo aquele homem? Seria o mesmo Jarod com quem me encontrei por um ano? Seus comentários sobre o experimento imaginário eram de longe os comentários mais astutos e honestos sobre si que o ouvira proferir. Como responder? Como sempre, quando não sei o que dizer, atenho-me à verdade.

— Aquele experimento imaginário foi algo improvisado, Jarod. Não passei muito tempo formulando e não tinha nenhuma resposta definitiva em mente. Apenas surgiu em minha mente quando estávamos encerrando a sessão e me arrisquei a lhe contar. Meu instinto me disse que poderia guiá-lo pelo caminho certo, e acho que funcionou. Estou impressionado com seu comentário de que é isso que você acha que *eu* quis dizer, que pensei. Pode ser seu também? O que *você* pensa?

Jarod sorriu.

— Bem, é impossível responder, não é? Porque, se me falta um eu, quem ou qual é a entidade que está postulando sua própria inexistência?

Eis, de novo, o velho Jarod cheio de falácias e paradoxos. Não mordi a isca. Nem por um segundo.

— Não me lembro de você ter falado antes desse sentimento de vazio. Parece importante e devemos dedicar um tempo explorando isso. Estou impressionado por esse fim de semana tê-lo afetado. Parece bem mais aberto, mais disposto a examinar a própria mente. Diga: o que houve em Marco Aurélio que catalisou essa mudança?

— Eu *sabia*! *Sabia* que você perguntaria isso. Venho me fazendo a mesma pergunta. — Jarod abriu sua pasta com as páginas de *Meditações* e retirou uma página manuscrita. — Pouco antes de vir hoje, anotei as passagens que mais me tocaram. Vou ler. Não estão em nenhuma ordem específica.

Jarod respirou fundo e pôs-se a ler:

— "Muitas vezes me admirei com o fato de que cada homem ama a si próprio mais do que a todos os outros homens, mas a opinião que tem de si mesmo é menos lisonjeira do que a que tem dos outros."

"'Se um homem me despreza, é problema dele. Minha única preocupação é não fazer ou dizer nada merecedor de desprezo.'

"'Nunca considere vantajoso para si o que o leve a romper com sua palavra ou perder seu respeito próprio.'"

— Gosto muito delas, Jarod. De fato, dizem respeito à questão que vínhamos discutindo: que o centro da autoestima e do autojulgamento deve estar dentro de *você*, e não na mente dos outros, ou seja, na imagem que tenho de você.

— Sim, aos poucos estou entendendo. Eis outra passagem com uma mensagem semelhante:

"'Se alguém consegue provar que estou errado e mostrar meus erros em qualquer pensamento ou ação, mudarei de bom grado. Procuro a verdade, o que nunca prejudicou ninguém; o prejudicial é persistir na autoilusão e na ignorância.'"

Jarod ergueu o olhar para mim.

— Soa como se tivessem sido escritas precisamente para mim. Tenho uma última. Posso ler?

Assenti com a cabeça. Adoro quando leem para mim, sobretudo quando são palavras sábias.

— "Lembre que essa safra especial é suco de uva e que os mantos purpúreos do imperador são lã de carneiro tingida com sangue de molusco [...]. Percepções como estas (aproximar-se das coisas e penetrar nelas, vendo como realmente são) são o que precisamos fazer o tempo todo, por toda a nossa vida, quando as coisas reivindicam nossa confiança: desnudá-las e ver quão inúteis são, remover a lenda que as reveste."

Uma passagem estupenda, que mexeu comigo. Enquanto ele lia, pensei como a sessão era uma imagem invertida de nossa última. Desta vez, era ele o leitor e eu o ouvinte.

— Acho que sei sua próxima pergunta — disse Jarod.

— Qual é?

— Que seja específico, que diga exatamente como essas citações provocaram a mudança.

— É isso aí. Acertando todas hoje. Poderia tentar esta?

— Parece uma pergunta lógica, mas não posso lhe dar a resposta. A coisa não funcionou assim; não li uma frase sábia e mudei de uma hora para outra.

Um novo retrocesso. Como de hábito, nada era fácil com Jarod. Senti falta de Andrew, que, mesmo sem meu estímulo, imediatamente apontou o trecho e a ideia que mudou tudo para ele. Por que Jarod é tão difícil? Por que Jarod não consegue, *ao menos uma vez*, agir como Andrew?

— O que você quer dizer, Jarod? "A coisa não funcionou assim"?

— Anotei trechos fortes, passagens que me sacudiram. Mas não consigo dar o salto e dizer: *estas palavras específicas, exatamente estes pensamentos*, me mudaram. A coisa não funcionou assim. Não houve uma epifania isolada. É mais global. Foi o processo em geral.

— O processo em geral?

— Como dizer? Veja, estou pasmo com a prática diária de autoanálise desse homem. *Cada* manhã ele se levou mais a sério do que eu em *qualquer manhã* de minha vida inteira. Eu o adotei como um modelo. Semana passada, levantei a questão: "Para quem ele estava escrevendo?" Agora entendo. Suas meditações são mensagens para seu eu cotidiano, daquela parte profunda de si comprometida em ter uma vida digna. Acho que você insinuou isso. Bem, agora *eu* quero ser capaz de fazer isso. Admiro-o muito. Que mais posso dizer? Bem, antes de mais nada, esse livro, essas meditações, me fazem ver quão na merda estou. Suas meditações me fizeram entender que minha vida toda está errada. Estou decidido a mudar. Esta semana vou falar honestamente com Marie e Alicia e contar a verdade: que não estou preparado para um compromisso sério com ninguém e que tenho uma tonelada de trabalho a fazer comigo mesmo. Estou até revendo minha vida profissional. Não gosto do que faço e, como já contei, acho que optei por me especializar em dermatologia porque teria uma vida mais fácil. Não pretendo criticar minha área; apenas estou dizendo que não me orgulho de meus motivos por escolhê-lo.

Jarod fez uma pausa e ficamos sentados em silêncio por alguns momentos.

Eu, entretanto, queria saber mais. Embora venha tratando pacientes há cinquenta anos, continuo ansiando por respostas novas.

— Jarod, entendo como você foi afetado pelo processo em geral e farei o possível para incentivar esse processo no futuro. Mesmo assim, continuo acreditando que possa haver algum valor em examinar quais das meditações específicas o afetaram. Posso dar uma olhada naquelas que você acabou de ler para mim?

Jarod hesitou por um momento e depois me entregou a lista.

Senti sua hesitação, mas decidi não comentar. Eu sabia o que significava: *eu estava fora de sintonia com ele*. Minha necessidade de saber é algo bom, por alimentar meu interesse em meu paciente. Mas às vezes, como naquele momento, pode ser algo ruim, por eu não me satisfazer em estar presente na sessão.

Após examinar a lista, comentei:

— Estou impressionado com o fato de vários dos trechos que você selecionou apontarem para questões de virtude e integridade. Enfatizam que o mal só pode advir para você por meio de seu próprio vício.

— Sim, por todo o texto Marco Aurélio repete que a virtude é o único bem e que o vício é o único mal. Várias vezes ele sustenta que não podemos ser prejudicados se mantivermos a virtude.

— Em outras palavras, ele mostra o caminho para criar uma imagem positiva de si mesmo.

— Sim, exatamente. Ouvi essa mensagem em alto e bom som: se eu for virtuoso e honesto, comigo e com os outros, me orgulharei de mim.

— E, quando você fizer isso, não importará tanto qual imagem sua tenho na *minha* mente. Uma de minhas terapeutas favoritas, Karen Horney, escreveu que, se você quer se sentir virtuoso, precisa fazer coisas virtuosas. Um conceito simples e venerável, direto de Marco Aurélio e Aristóteles.

— Certo. Chega de embuste. Consigo aqui ou em qualquer outro lugar.

— Vamos começar agora mesmo. Ainda temos alguns minutos. Vamos usá-los para verificar os sentimentos que você teve sobre mim hoje.

— Quase todos positivos. Sei que está do meu lado, fazendo o melhor por mim. O único momento em que me senti ligeiramente aborrecido foi quando você me pressionou sobre quais palavras de Marco Aurélio ajudaram. Senti que estava me pedindo que distorcesse minha experiência a fim de satisfazer a sua curiosidade, corroborar seus palpites ou talvez categorizar meu processo de cura.

— Bem pertinente, Jarod. Muito pertinente. É uma boa observação e algo com que preciso lidar.

★ ★ ★

Antes de meu próximo paciente, tive tempo suficiente para pensar sobre Jarod, Andrew e o drama extraordinário que havia testemunhado. Outra vez senti-me humilhado pela complexidade infinita da mente humana e desesperado com o vazio das tentativas de simplificar, codificar e gerar manuais práticos para tratar pacientes de forma pré-designada. Aqui estavam dois pacientes que mergulharam no mar de sabedoria de um homem de grande alma, e cada um se beneficiou de forma diferente, de modo que nenhuma outra mente poderia ter previsto.

Refleti sobre o que aquele mar reservava para mim ao me aproximar do meu 82º aniversário, cheio de vida, paixão e curiosidade, mas entristecido pela perda de tanta gente que eu havia conhecido e amado. Às vezes chorava minha juventude perdida e ficava perturbado por meu corpo em deterioração, minhas juntas teimosas, rangentes, o enfraquecimento de minha audição e minha visão, sempre consciente da chegada implacável das trevas finais. Abri as páginas de *Meditações*, folheei e achei a mensagem perfeita para mim: "Passe, então, por esse pequeno espaço de tempo em harmonia com a natureza e encerre sua jornada em contentamento, assim como uma azeitona cai quando madura, louvando a natureza que a produziu e agradecendo à árvore na qual cresceu."

Epílogo

A coisa mais importante que eu, ou qualquer outro terapeuta, posso fazer é oferecer um relacionamento terapêutico autêntico, do qual os pacientes extraiam aquilo de que precisam. Iludimos a nós mesmos se pensamos que uma ação específica — uma interpretação, sugestão, nova rotulagem ou tranquilidade — é *o* fator terapêutico.

Em diversas ocasiões, os pacientes destas histórias se beneficiaram com algo que eu não conseguiria prever. Um paciente me sagra como testemunha de que uma pessoa significativa o considerou importante. A sensação de realidade fraturada de um paciente é reparada por um encontro autêntico com seu terapeuta. Outro nota que a vida real é vivida no presente. A vida de outro paciente é mudada quando lhe recomendo um organizador doméstico. Uma enfermeira é apresentada ao seu melhor eu. Uma escritora emudecida encontra sua voz. Os últimos dias de uma paciente agonizante são impregnados de sentido quando ela serve de pioneira da morte para seus amigos e sua família. Uma paciente, que também é terapeuta, percebe que o diagnóstico pode prejudicar e distorcer a compreensão. Um paciente encontra a si mesmo ao imitar a prática de um pensador antigo. Em cada caso, concebi, ou às vezes deparei com uma abordagem singular para cada paciente que não seria encontrada em nenhum manual de terapia. Como nunca saberemos com precisão *como* ajudamos, nós, terapeutas, temos de aprender a conviver com o mistério enquanto acompanhamos pacientes em suas jornadas de autodescoberta.

Escrevo para aqueles entre vocês com um forte interesse na psique humana e no crescimento pessoal, para os muitos leitores que se identificarão com as crises existenciais perenes retratadas nestes relatos e para indivíduos que pensam em fazer terapia ou já estão numa. Espero que estas histórias de recuperação encorajem aqueles que combatem seus próprios demônios.

Também desejo muito que o terapeuta principiante ache valor neste livro. As dez histórias pretendem ser veículos pedagógicos com lições vivas de psicoterapia que não costumam estar disponíveis nos currículos contemporâneos. A maioria dos cursos de treinamento atuais — geralmente sob pressão de conselhos ou planos de saúde — oferece instrução apenas em terapias breves, "de base empírica", que consistem em técnicas específicas abordando categorias de diagnóstico distintas, como depressão, transtornos alimentares, ataques de pânico, transtorno bipolar, vícios ou fobias específicas. Temo que o foco atual na educação acabe resultando em perder de vista a pessoa integral e que a abordagem humanística que usei com esses dez pacientes logo venha a se extinguir. Embora os estudos sobre a psicoterapia eficaz constantemente mostrem que o fator mais importante determinando o resultado é o relacionamento terapêutico, a textura, a criação e a evolução desse relacionamento raramente são o foco do treinamento em cursos de graduação.

Nestes relatos, espero transmitir como um foco no momento presente pode ser vantajoso. Várias vezes chamo a atenção para meu vínculo com o paciente: faço verificações do processo, indago repetidamente sobre o estado de nosso encontro durante a sessão, pergunto se tem perguntas para mim, busco comentários sobre nosso relacionamento em sonhos. Em suma, nunca deixo de dar prioridade ao desenvolvimento de um vínculo honesto, transparente e auxiliador entre nós.

Espero também que estas histórias aumentem a percepção, por parte dos terapeutas, dos temas existenciais. Nestes dez casos vejo meus pacientes sofrendo de doenças que desafiam a categorização tradicional. Um homem jovem tenta afastar o terror da morte pela vitalidade sexual, um idoso anseia pela espontaneidade juvenil, uma paciente agonizante busca um sentido na vida, uma enfermeira cuida dos outros mas não consegue confortar a si mesma, uma pessoa anseia por um passado melhor e outra tenta compensar sua sensação de vazio existencial por meio de minha ideia sobre ela.

O número de pessoas com questões existenciais é bem maior do que se imagina. Os pacientes destes relatos lidam com a ansiedade da morte, da perda de entes queridos e da derradeira perda de si, de como ter uma vida significativa, da escolha, do isolamento fundamental. Para oferecer ajuda, os terapeutas precisam ter uma sensibilidade aguçada aos problemas existenciais e devem chegar a uma formulação do que aflige e do que precisa ser feito que difira radicalmente das fórmulas oferecidas por clínicos de outras orientações.

Nota ao leitor

Para fins de confidencialidade, alterei a identidade de todos os personagens e, por vezes, pus partes de uma história em outra, além de criar cenas fictícias. Mostrei a cada paciente vivo o texto final e obtive a aprovação e a permissão por escrito para publicação. Embora Paul ("A cura tortuosa") e Astrid ("Mostre alguma classe a seus filhos") tenham morrido há muito tempo, alterei suas histórias e identidades para não serem reconhecidos. Acredito que ficariam contentes com a utilização de sua experiência para ensinar aos outros. Ellie ("Adquira sua própria doença fatal") morreu antes de o livro ser publicado, mas aprovou a descrição do projeto, ficou satisfeita por eu usar suas palavras e insistiu que eu citasse seu nome real.

Este livro foi impresso no Rio de Janeiro, em 2020,
pela BMF, para a HarperCollins Brasil.
A fonte usada no miolo é Minion Pro, corpo 10,5/16,8.
O papel do miolo é avena soft 80g/m², e o da capa é cartão 250g/m² .